KB015986

나의 어린 왕자

일러두기

1. 이 책에 실린 '어린 왕자의 말'은 생텍쥐페리의 《어린 왕자》 영문판(Freeditorial)을 저자가 직접 번역한 것입니다.
2. 이 책은 크게 세 가지 구조로 이루어져 있습니다. 첫째, 정여울 작가의 성인자아와 내면아이와의 대화록, 둘째, 《어린 왕자》의 명장면과 명대사들, 셋째, 독자가 직접 참여할 수 있는 질문과 답변의 코너입니다. 《어린 왕자》를 통해 내면아이와의 진솔한 대화를 꿈꾸는 독자들에게 도움이 되기를 바라는 마음으로 질문과 답변 코너를 만들었습니다.
3. 외래어표기법상 '바오바브'나무가 맞는 표현이지만, 이 책에서는 친숙한 어법의 '바오밥'나무로 표기했음을 알립니다.

나의 어린 왕자

내 안의 찬란한 빛, 내면아이를 만나다

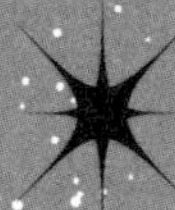

정여울
에세이

차례

머리말

당신의 어린 왕자를 되찾아 드릴게요

어린 왕자는 제 마음속에서 하나의 눈부신 길을 만들었습니다. 바로 우리 모두의 내면아이로 마침내 다다르는 복잡하고 구불구불한 통로지요. 그 길은 거대한 미로처럼 보이고, 너무 복잡한 신비의 베일에 싸인 것 같아 때로는 포기하고 싶지만, 분명 우리 마음속 가장 깊은 곳으로 다다르는 하나의 길입니다. 《어린 왕자》를 읽고 또 읽으며 저는 제 안에도 조종사처럼 황금빛 머리카락을 휘날리며 사막의 한복판에서 기적처럼 걸어 나와 제발 양 한 마리 좀 그려달라며 뜬금없이 말을 거는, 사랑스러운 어린 왕자가 있다는 것을 깨달았습니다. 저에게는 조이라는 이름의 어처구니없이 해맑고 슬픔이 많은 내면아이지만, 여러분에게는 또 다른 이름과 또 다른 아름다움으로 빛나고 있을 저마다의 가장 찬란한 가능성이 바로 내면아이일 것입니다.

내면아이는 빛과 그림자를 동시에 품어 안고 있습니다. 내면아이의 아픈 그림자를 보살펴 주어야만 내면아이의 환한 빛도 끌어낼 수 있습니다. 당신이 가장 아파하는 상처들이 내면아이의 그림자를 이루고, 당신 안에 숨겨진 눈부신 재능과 가장 따스한 사랑이 바로 내면아이의 빛입니다. 이미 다 큰 어른이 되어버려서 다시는 어린아이로 돌아갈 순 없다고 생각했던 당신을, 내면아이는 오늘도 기다리고 있습니다. 이제 어른이 된 당신이 세상살이에 지치고 상처받을 때마다, 당신 안의 내면아이는 더 큰 소리로 울고 있습니다. 그 서러운 내면아이의 그림자를 쓰다듬어 주고, 내면아이의 빛을 꺼내줄 수 있는 사람은 오직 당신 자신뿐입니다. 이 책이 당신 안의 내면아이와 밤새도록 아름다운 대화를 시작할 수 있는 향기로운 기폭제가 되기를 바랍니다. 저는 이 책을 세상으로 내보내며 간절한 마음으로 꿈꿉니다. 어린 왕자가 제 안의 내면아이와 만날 수 있는 눈부신 통로를 열어준 것처럼, 이 책이 여러분의 내면아이와 평생 아름다운 대화를 나눌 수 있는 아름다운 통로가 되어주기를.

프롤로그

당신 안의 내면아이가 아직 울고 있다면

당신의 첫 번째 상처는 무엇인가. 이 질문에 곧바로 대답하는 것은 본래 어려운 일이다. 게다가 사람들은 대부분 최초의 상처를 기억하지 못한다. 우리가 태어날 때 어머니의 몸에서 나오는 순간 이미 첫 번째 충격과 상처를 겪었기 때문이다. 편안하던 어머니의 자궁 속에서 본인의 의사와 상관없이 쫓겨난 경험이야말로 인류의 원초적인 트라우마가 아닐까. 그런데 보통 심리학에서 말하는 내면아이의 상처는 어린 시절 이루지 못했던 소망이나, 주변으로부터 받은 스트레스나 충격을 가리킨다. 심리학에서는 우리 마음속에 저마다 평생 자라지 않는 어린아이가 있다고 보는데, 이를 내면아이라 부른다. 심리학자 니콜 르페라는 내면아이Inner Child를 이렇게 정의한다. 어린 시절에 부정되고 억

제된 욕구와 감정뿐 아니라, 창의성, 직관, 놀이능력 같은 긍정적 힘 역시 내면아이라고. 내면아이의 상처Inner Child Wounds란, 아동기의 신체적·정서적·심리적 욕구(자신을 봐주고, 자신의 말을 들어주고, 진정으로 자기표현을 할 수 있기를 바라는 욕구)를 충족시키지 못한 채 성인기까지 이어지는 고통스러운 경험을 말한다.

니콜 르페라는 《내 안의 어린아이가 울고 있다》에서 내면아이의 일곱 가지 유형을 보여준다. 첫째는 돌보미 유형이다. 돌보미 유형은 공의존codependency, 즉 자신의 정서적 욕구나 자존감을 상대방에게서 찾으려는 성향을 보인다. 사랑받는 유일한 방법은 자신의 욕구를 무시하고 타인의 요구를 만족시켜 주는 것이라 믿는다. 둘째, 과잉성취 유형은 필사적으로 성공과 성취를 통해 타인에게 인정받으려고 한다. 낮은 자존감을 숨기기 위해 어떻게든 타인의 검증을 받으려 하며, 사랑받는 유일한 방법은 성공뿐이라 믿는다. 셋째, 저성취 유형의 내면아이는 비판과 실패를 부끄럽게 생각하기에 자꾸만 움츠러들고, 눈에 띄지 않으려 하고, 자신의 잠재력을 맘껏 발휘하지 못한다. 저성취 유형은 투명인간처럼 살기를 꿈꾼다. '밀당' 같은 것에는 아예 가까이

가지 않으며, 사랑받는 유일한 방법은 차라리 보이지 않는 것이라고 믿는다. 넷째, 구조자/보호자 유형은 주변 사람들을 열정적으로 구원하려 한다. 다른 사람들을 무력하고 의존적인 존재로 보고, 강력한 힘으로 무장하여 타인이 자신을 우러러보기를 바란다. 다른 사람의 문제를 해결해 주고, 어려움에 빠진 사람을 구하는 것이 사랑받는 길이라 생각한다. 다섯째, 파티 스타 유형은 매우 외향적이고 활기차고 재미있는 내면아이이다. 단점이나 힘든 모습을 결코 들키지 않으려 한다. 파티 스타 유형의 내면아이는 행복한 척하고, 주변 사람들을 행복하게 해줌으로써 사랑받기를 원한다. 여섯째, 예스맨 유형의 내면아이는 자기희생을 추구하여 인정받으려 한다. 어떤 상황에서도 이타적이고 착한 모습을 보이려 하고, 자기희생만이 사랑받는 방법이라고 생각한다. 일곱째, 영웅숭배 유형은 끊임없이 자신을 이끌어줄 지도자를 필요로 한다. 완벽주의를 추구하는 부모 밑에서 자랐을 가능성이 크고, 실수를 두려워하며, 자신의 욕구를 부정하고, 영웅적인 인물을 롤모델로 삼아 그를 성공적으로 모방해야 사랑받을 수 있다고 믿는다.

나는 이 일곱 가지 내면아이의 특징이 나에게 모두 존재하고 있음에 놀랐다. 나는 때로는 예스맨이었고, 때로는 영웅숭배자였으며, 때로는 파티 스타처럼 남들을 즐겁게 해주고 싶었다. 하지만 늘 외롭고, 버림받고, 상처 입은 느낌에서 벗어나지 못했다. 이제야 내면아이의 상처 입은 모습을 있는 그대로 인정하기 시작하자, 비로소 변화가 시작되었다. 내면아이가 고통받는 것은 결코 수치스러운 일이 아니며, 심장박동처럼 자연스러운 일임을 깨닫게 되었다. 당신 안의 내면아이는 지금 성인이 된 당신의 보살핌과 구조를 기다리고 있다. 어린 시절의 상처를 외면만 한다면 우리는 끊임없이 과거로부터 도망만 칠 뿐, 진정으로 치유와 성숙을 경험할 수 없다.

나는 내면아이의 상처와 용감히 대면하기 위해 '내면아이와의 대화'를 담은 노트를 하나 만들었다. "내 슬픈 내면아이야, 잘 있니?" 우선 이렇게 내면아이의 안부를 물어보자. 오랫동안 당신이 말을 걸어주기를 기다리고 있었던 내면아이는 그토록 오랫동안 꼭꼭 숨겨둔 이야기를 당신이 들어주는 것만으로도 반가워하고, 기뻐하며, 마침내 진정한 성숙과 치유의 단계로 나아갈 것이다.

Chapter 1

내 안의
어린 왕자와의 첫 만남

루나와 조이, 첫 번째 만남

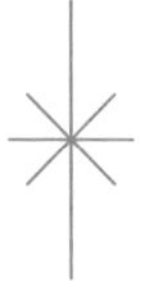

분명 내가 흘린 눈물인데, 나조차도 이해할 수 없는 눈물이 있다. 열네 살, 중학교 1학년 어느 겨울날. 나는 춥고 어두운 골방 안에 난로를 켜놓고 그 불빛에 의지해 《어린 왕자》를 읽다가 갑자기 꺼이꺼이 울기 시작했다. 열네 살 아이가 무에 그리 서러운 일이 많았는지, 거의 통곡에 가까운 울음을 오래오래 토해냈다. 내 안에 그토록 많은 눈물이 고여있는지, 그날 처음 알았다. 하지만 오랫동안 그 눈물의 의미를 이해할 수 없었다. 그저 나의 사랑스러운 어린 왕자가 영원히 지구를 떠나는 장면이 너무 슬퍼서였을 거라고 짐작했지만, 그런 설명만으로는 턱없이 부족한 느낌이었다. 이루 말할 수 없이 슬펐지만, 그 이유를 도저히 설명할 수 없었다. 오랜 시간 내 안의 알 수 없는 눈물은 뚜렷이 해명되지 못한 채 내 안의 미스터리로 남아 있었다.

어른이 되어 심리학을 공부하면서 '내면아이inner child'라는 개념을 알게 되었다. 내면아이는 내게 충격적인 개념이었다. 내 안에 영원히 어른이 되기 싫어하는 또 하나의 아이가 있다는 것, 육체적으로는 어른이 되었지만 여전히 자라지 않는 부분이 바로 내면아이라는 것을 알게 되었다. 심지어 이제는 나를 지킬 수 있게 된 '성인자아'가 '내면아이'에게 말을 걸어 대화를 할 수도 있다는 사실을 깨닫자, 나는 묘한 양가감정에 사로잡혔다. 반감과 쾌감이 동시에 밀려왔다. 이성의 언어, 어른의 언어로는 이렇게 질문했다. 성인자아가 내면아이에게 말을 걸다니, 너무 과한 것 아닌가. 유치한 것 아닌가. 성인자아는 이 세상에 힘겹게 적응하며 사느라 바빠 죽겠는데 무슨 내면아이와 대화를 한단 말인가. 그런데 내 안의 내면아이는 미친 듯이 기뻐했다. 내면아이는 성인자아에게 이렇게 말을 걸었다.

"넌 한 번도 나에게 말을 걸어주지 않았지? 넌 어른이 되어 바삐 살아가느라 하루하루 힘들었겠지. 하지만 난 네가 쳐놓은 마음의 쇠창살 속에 갇혀서 항상 너에게 구조신호를 보내고 있었어. 오랫동안 누군가 자신을 구해주기를 간절히 기다려 온 램프의 요정 지니처럼. 마치 너무 오래 기다렸다는 듯이, 사막에 불시착한 조종사에게 대뜸 양을 그려달라는 어린 왕자처럼. 이제야 너와 이야기할 수 있게 되어서 기뻐. 난 할 말이 너무 많은데, 아무도 내 이야기를 들어주지 않았거든."

내 안의 내면아이의 첫 번째 외침이었다. 난 그 아이가 그렇게 청산유수처럼 자신의 이야기를 술술 풀어낼 줄은 몰랐다. 한 번도 이름 붙여준 적 없는, 내 안의 또 다른 나였다. 아주 무뚝뚝하고 지극히 현실적인 내 안의 성인자아는 처음으로 얼떨결에 인사를 했다.

"어, 그래. 너구나. 네가 거기 있었구나. 난 네가 아직도 거기 있는지, 몰랐어. 난 이제 너무 세상에 찌든 어른이 되어서, 미처 널 생각할 겨를이 없었어. 미안하구나. 네가 영원히 사라진 줄로만 알았어. 잘 있었니?"

난 어처구니없는 표정으로 내 안의 내면아이에게 인사

했다. 그랬더니 그 아이는 말했다. "네가 잘 있지 못한데, 내가 어떻게 잘 있겠니. 너와 난 원래 하나였으니까. 우선 나에게 이름을 붙여줘. 내면아이 같은 어려운 단어 말고. 그냥 예쁜 이름을 지어서 붙여줘. 네가 한 번도 되어보지 못한 그런 빛나는 존재의 이름을 붙여줘."

내가 한 번도 되어본 적 없는, 그런 눈부시게 빛나는 존재라니. 이 되바라진 내면아이의 거침없는 요구에 나는 화들짝 놀랐지만, 그 말이 맞았다. 난 이 아이의 이름을 불러주어야만 이 아이와 제대로 대화를 나눌 수 있을 것만 같았다. 어디서부터 그런 이름이 튀어나온 것일까. 난 얼떨결에 이렇게 대답해 버리고 말았다.

"그래, 조이Joy, 널 조이라 부를게! 난 조이라는 이름이 예전부터 좋았어. 이름만 들어도 말 그대로 기쁨이 느껴지잖아. 하지만 차마 그 이름이 좋다고 말하지 못했어. 사람들이 나랑 안 어울린다고 할까 봐. 난 우울한 사람이니까. 걸핏하면 슬퍼하는 사람이니까. 환하고, 경쾌하고, 명랑한 '조이'라는 이름, 그렇게 가볍게 반짝이는 이름은 어울리지 않을 것 같았거든."

어린 왕자 못지않게 아무런 거침없이 사람의 마음에 곧바로 '돌직구'를 날리는 내 안의 내면아이, 조이는 까르르 웃으며 잘도 조잘거렸다.

"조이, 그 이름 참 좋다. 나도 너에게 기쁨이고 싶어. 하지만 나도 너에게 이름을 불러줘야 우리 둘이 편안하게 이야기를 나눌 수 있지 않을까. 넌 항상 슬프다며? 그럼 넌 밤의 사람인 거야? 밤의 사람, 달밤의 사람, 달밤에 어울리는 사람. 응, 그럼 네 이름은 '루나Luna'로 하자. 루나, 어디 한 번 너의 소원을 말해봐."

"루나, 달밤에 어울리는 사람이라니, 완전 마음에 드는데. 예전에는 제발 이 무서운 세상에서 어떻게든 살아남게 해달라고 빌었어. 그리고 한때는 깊이 사랑했지만 이제는 만날 수 없는 사람들이 부디 잘 지내기를 빌었어. 하지만 지금은 그렇게 너무 어려운 소원 말고, 너의 이야기를 무진장 솔직하게 쉼 없이 들려달라고 빌어볼래. 조이, 너의 이야기를 그냥 마음껏 들려줘. 조이, 입이 아플 때까지 한 번 신나게 떠들어 봐."

"그거야 내가 간절히 원하던 바지. 사실 지금은 그렇게 평생 무뚝뚝했던 루나, 네가 나에게 말을 걸어준 것만으로도 기뻐. 난 이제 너에게 자꾸만 부탁을 할 거야. 양 한 마리만 그려달라고. 내 별에 두고 온 나만의 새침하고 아름다운 장미 이야기를 들어달라고. 내 소중한 친구 여우를 잃어버린 이야기도. 네가 그렇게 좋아했지만 이제는 까맣게 잊어버린 어린 왕자처럼."

내 안의 내면아이의 서글픈 고백에 가슴이 저려 왔다. 나에게도 나만의 어린 왕자가 있었던 것이다. 내가 한때는 너무나 사랑했던 이야기 속의 어린 왕자, 그 이야기가 도저히 머나먼 나라 프랑스의 비행기 조종사가 쓴 것이라고는 믿을 수 없을 정도로 '그냥 완전히 내 이야기' 같았던 그 시절의 나를 영원히 잃어버렸다는 것을.

그제야 내가 미처 다 흘리지 못했던 내면아이의 눈물을 어렴풋이 이해하기 시작했다. 열네 살의 겨울밤. 일부러 형광등이나 스탠드를 켜지 않고, 빨간 난롯불에 의지해 바닥에 웅크린 채 《어린 왕자》를 읽었던 내 안의 내면아이. 나는 그 아이를 영원히 잃어버릴까 봐 그토록 서럽게 울었던 것이다. 입시지옥의 광풍에 휘말려, 온갖 입학과 면접과 취업의 스트레스에 찌들어, 사람을 사랑하고 헤어지고 아파하는 그 모든 파란만장한 삶의 이야기에 휩쓸려, 나는 내 안의 어린 왕자를 잃어버렸다. 나는 그제야 깨달았다. 난로 불빛에 의지해 고요히 나만의 어린 왕자를 어여삐 쓰다듬던 열네 살의 나를 간절히 되찾고 싶다는 것을.

그 후로 나는 가끔 내 안의 내면아이를 불러 안부를 묻곤 했다.

"조이, 있잖아. 사실 난 네가 너무 그리워. 난 어른이 되어 얻은 것보다 잃은 것이 훨씬 많거든. 하지만 난 아무래도 널 되찾을 수 없을 것 같아. 너무 뻔한 어른이 되어버렸거든. 너를 보면 난 한없이 부끄러워져. 이제 지금의 내 모습엔 그 시절 어린 왕자 같은 순수함이 전혀 없어."

내가 돌보고 보살펴야 했던 내 안의 내면아이, 조이는 한없이 슬픈 표정으로 도리어 나를 걱정했다.

"난 네 안에 어쩔 수 없이 갇혀 있던 것이지 결코 사라진 게 아니야. 난 항상 너를 향해 힘찬 응원을 보내고 있었는걸. 네가 아무리 대단한 일을 해내도, 어른들만 할 수 있는 멋진 일들을 해내도, 네 안의 어린아이는 죽지 않아. 어린 왕자가 지구를 떠났지만 사하라사막의 어느 모래언덕 위에서 반짝이는 별로 여전히 살아있는 것처럼."

그 순간 나는 내면아이가 '뭔가 모자란, 덜 자란, 가르침이 필요한 아이'가 아니라는 것을 깨달았다. 내면아이는 내가 언젠가는 되찾아야 할 내 안의 소중한 잠재력이며, 어린 왕자처럼 해맑고 여리면서도 당차고 사랑스러운 내 안의 가장 환한 빛이었다.

이제야 그 이해할 수 없던 눈물의 의미를 조금씩 이해하기 시작한 것 같았다. 나는 그때 막 어른이 되려 기지개를 펴고 있었다. 내 몸은 더 이상 어린이의 몸이 아니었고, 빨리 어른이 되고 싶었다. 사춘기 같은 거추장스러운 통과의례 따위는 재빨리 건너뛰고 싶었다. 어느 날은 못 견디게 어른이 되고 싶었고, 어느 날은 결코 어른 같은 건 되고 싶지 않기도 했다. 어른이 되면 더 이상 내 안의 어린 왕자를 이해하지 못할까 봐 두려웠다. 어른이 되면 내 안의 어린 왕자, 내 안의 그토록 아름다운 내면아이와 끝내 작별할까 봐 미치도록 두려웠던 것이다.

어린 왕자의 말

"저… 나 양 한 마리만 그려줘."

"응?"

"양 한 마리만 그려주라니까…."

나는 그 순간 벼락이라도 맞은 것처럼 벌떡 일어났다. 눈을 비비며 주위를 잘 살펴보았다. 이제 보니 아주 신기하게 생긴 조그만 아이가 나를 진지한 눈빛으로 바라보고 있는 것이었다. (…) 물론 그는 내가 그린 이 그림보다도 훨씬 더 매력적인 소년이다. 하지만 이건 내 잘못이 아니다. 여섯 살 때 이미 어른들의 잔소리 때문에 화가의 꿈을 포기한 후, 나는 뱃속이 보이거나 보이지 않거나 하는 보아뱀을 혼자 그린 것 빼고는 제대로 그림을 배워본 적이 없기 때문이다.

난데없이 갑작스럽게 나타난 그 아이를 나는 깜짝 놀란 눈빛으로 쳐다보았다. 여러분은 내가 지금 사람이 사는 곳에서 수천 킬로미터 떨어진 외딴곳에 홀로 고립되어 있다는 것을 꼭 기억해 주기 바란다. 그런데 이 아이는 길을 잃은 것 같지도 않고, 피곤하거나 배고프거나 목마르거나 무서워서 죽겠다는 얼굴도 아니었다. 사람이 사는 곳에서 수천 킬로미터 떨어진 사막 한가운데서 길을 잃은 아이 같은 기색은 전혀 찾을 수 없었다. 잠시 후 간신히 정신을 차린 나는 그에게 말을 걸었다.

"여기서 너는 뭘 하는 거니?"

그러자 그는 매우 중요한 일이나 되는 것처럼 아주 나직한 목소리로 아까와 같은 부탁을 되풀이하는 것이었다.

"부탁할게… 나 양 한 마리만 그려줘."

너무나 갑자기 엄청난 일을 당하게 되면 함부로 거절할 생각조차 할 수 없다. 사람이 사는 곳에서 수천 킬로미터 떨어진 곳에서 죽음의 위협에 처한 나는 정말 엉뚱한 아이라는 생각을 하면서도 결국 어쩔 수 없이 주머니에서 종이와 만년필을 꺼냈다. 그러나 내가 배운 것은 고작 지리, 역사, 산수, 문법 따위뿐이라는 생각이 들어서 (조금 기분이 나빠진 목소리로) 난 그림을 잘 못 그린다고 말했다. 그러자 그가 또 속삭였다.

"괜찮아. 양 한 마리만 그려주면 돼."

나는 양을 한 번도 그려본 적이 없었기에, 내가 그릴 수 있는 두 가지 그림 중 하나를 그려주었다. 뱃속이 보이지 않는 보아뱀 말이다. 그런데 이 아이는 놀랍게도 이렇게 말했다.

"아니, 아니! 보아뱀 뱃속의 코끼리는 싫어. 보아뱀은 너무 위험해. 그리고 코끼리는 너무 부담스러워. 내가 사는 곳은 정말 작은 곳이야. 난 양을 갖고 싶다니까. 나, 양 한 마리만 그려줘."

그래서 나는 양을 그려주었다.

Question

당신 안의 내면아이에게 이름을 붙여주세요. 그리고 그 내면아이와 대화를 시작해 보면 어떨까요. 그 아이에게 말을 걸어보세요.

아직 충분한 보살핌을 받지 못한 우리 안의 내면아이는 아직도 우리 마음속 어딘가에서 남몰래 울고 있습니다. 당신 안에는 햇빛아이와 그림자아이가 있습니다. 그림자아이는 어린 시절의 상처 때문에 울고 있고, 햇빛아이는 우리 안에 미처 날개를 펴지 못한 눈부신 잠재력을 가지고 있지요. 햇빛아이와 그림자아이는 본래 하나였습니다. 당신 안에서 아직 울고 있을지도 모를 내면아이에게 별명을 붙여주고, 그 아이에게 말을 걸기 시작하면 어떨까요. 언제든지 불러낼 수 있도록, 아주 쉽고 친근한 별명을 붙여주면 어떨까요.

Chapter 2

마지막으로 행복했던 때가 언제지?

괜찮은 척했지만 실은 괜찮지 않았어

조이는 그날 이후로 루나에게 시도 때도 없이 말을 걸어온다.

조이 루나, 왜 너는 우울한 사람이라고 생각하는 거야? 너는 그렇게 어두운 기억밖에 없어?

루나 물론 아니지. 행복했던 순간들도 많아. 그런데 이상하게도 나는 대체로 우울한 사람이라는 생각이 들어. 상처를 많이 극복했다고 믿었는데 어떤 날은 와르르 무너져 버려.

조이 어떤 날?

루나 누구랑 제일 친하냐는 질문을 받은 날. 누구나 가장 친한 친구는 있다고들 하잖아. 그런데 나는 평생 좋은 친구를 사귀려고 노력했는데, 잘 안 되었어.

조이 너에겐 좋은 친구가 이미 있잖아. 그들이 편하지 않아?

루나 조이, 너도 아는구나. 내 멋진 친구들. 그런데 그게 문제야. 분명 좋은 친구는 맞는데, 내가 편하게 느끼지를 못하는 거. 그 친구들은 참 좋은 사람들인데, 나는 아주 친한 친구 앞에서도 편안함을 느끼지 못해. 그들이 날 진심으로 좋아하지 않을까 봐 두려워. 앞에서는 나에게 방긋방긋 웃어주고, 뒤돌아서면 날 싫어할 것 같아.

조이 루나, 혹시 그 일 때문이야?

루나 무슨 일?

조이 어렸을 때, 친구에게 배신당했던 일. 네가 제일 좋아했던 친구가 네 등 뒤에서 널 욕했잖아. 네가 없는 줄 알고.

루나 아, 그랬지. 어쩌면 그런 일이 몇 번 반복되면서 자신감이 없어진 것 같아. 저 사람이 앞에서는 친절한데, 뒤에서는 내 욕을 하고 있을지도 모른다는 생각 때문에. 나 참 바보 같지?

조이 아니. 누구라도 그런 일을 당하면 상처받았을 거야. 넌 상처받을 자격이 있어.

루나 상처받을 자격이 있다니. 그 말 참 좋다. 난 상처받을 자격조차 없다고 생각했나 봐. 난 소심하고, 너무 자주 상처받고, 그런 성격이 문제라고 생각했으니까.

조이 아무도 상처 주지 않는데 혼자 상처받을 수는 없잖아. 루나 너도 그렇지만 어른들은 참 이상해. 자꾸만 스스로를 찌르고 할퀴잖아. 자기 자신을 아프게 하는 일을 좀 멈추면 좋겠어.

루나 조이, 넌 역시 조이라는 그 이름에 어울리게 밝아서 참 좋다. 원래 내면아이에게 성인자아가 위로를 해줘야 하는데. 우린 왜 반대지? 네가 나를 위로하고 있잖아.

조이 어른인 네가 나보다 더 나약하고 불쌍하니까 그렇지. 넌 네가 원하는 것을 다 가졌는데도 항상 불행하잖아. 루나 넌 참 이상해. 멀쩡한 자신을 매일 할퀴고 있어.

루나 그런가? 내가 원하는 것을 다 가졌나? 난 결점투성이인데.

조이 넌 네가 하고 싶은 일을 하고 있잖아. 그리고 네 곁에는 널 사랑하는 사람들이 있잖아. 그것 말고 뭘 더 바라는 거야? 더 좋은 집? 더 좋은 차? 그런 걸로 널 만족시킬 수 있어?

루나 그렇게 많은 걸 바라진 않아. 물론 예전에는 나도 바랐어. 더 좋은 집, 더 많은 통장 잔고, 더 뛰어난 무언가를 항상 바랐어. 하지만 요즘은 좀 더 소박한 꿈을 꿔. 더 많은 걸 바랄수록 삶이 너무 피곤해진다는 것을 알았거든. 요즘 나의 소원은 이거야. 조이 너처럼 밝아지고 싶어. 내 안에 너처럼 환하고 해맑은 존재가 있다는 게 아주 큰 힘이 돼. 너와 이야기를 하면 이상하게 힘이 나.

조이 그것 참 반가운 소리다. 네가 나의 소중함을 이제야 알기 시작했다니! 하하! 칭찬은 항상 기분 좋아. 다시 아까 이야기로 돌아가 보자. 어린 시절 그 친구는 왜 너를 욕한 거야?

루나 어른들이 나와 친구를 자꾸 비교하니까. 그게 싫었던 것 같아. 나의 성적이 조금 더 좋고, 내가 좀 더 피아노를 잘 친다는 것이 그 친구에게는 스트레스였어. 난 내가 뭘 잘한다고 생각한 적이 별로 없는데, 그 친구는 내가 가진 걸 항상 질투했어. 그런데 나도 그 친구를 부러워하긴 했어. 그 애는 친구들 사이에서 인기도 많고, 반장도 여러 번 하고, 한 마디로 카리스마 있었어. 난 그 친구가 부럽긴 했지만 뒤에서 욕하진 않았거든. 그 친구를 많이 좋아했으니까. 그런데 그 친구가 나를 욕한 건 나를 좋아하지 않기 때문이라는 생각이 들었어. 좋아하는데, 어떻게 뒤에서 험담을 하겠니.

조이 그 애가 널 괴롭히니까, 너도 그 친구를 좋아하는 마음을 잃어버렸구나.

루나 아마 그랬던 것 같아. 하지만 이야기하다 보니까 부끄럽네.

조이 뭐가?

루나 그 친구가 날 좋아하지 않는다고 해서, 내 욕을 했다고 해서, 그 친구를 그토록 좋아했던 마음이 사라졌다는 게. 내 사랑은 참 얄팍했구나, 하는 생각이 들어.

조이 억울하고, 슬프고, 화가 나도 사랑해야 하는 거야?

루나 진짜 사랑이라면. 사랑이 깊다면. 그래야 하지 않을까?

조이 폭포수처럼, 소나기처럼, 그냥 그렇게 제 마음대로 흐르는 게 사랑 아니고?

루나 조이, 너 벌써 사랑을 아는구나? 넌 어린 왕자처럼 작고 여리기만 한 줄 알았더니.

조이 어린 왕자야말로 사랑을 알잖아. 네가 그 사람과 보낸 시간만큼, 루나 너는 그 사람을 사랑하는 거잖아. 그 사람이 네 시에 온다고 하면 세 시부터 가슴이 설레기 시작하는 게 사랑이잖아. 넌 사실 누군가를 만나기로 하면 그 전날부터, 아니 만남의 약속을 하는 그 순간부터 이미 설레는 사람이잖아.

루나 그래, 생각해 보니 그렇네. 그 친구 때문에 설렜던 순간이 기억나지 않아. 아주 어린 시절엔 설렜는데. 그 아이가 내 욕을 하고 다니는 걸 알고나서부턴 설레지 않았어. 무섭고 두려웠어. 그 아이를 매일 보는 것이. 같이 시간을 보냈다고 해서 꼭 사랑하는 건 아니야. 어떤 시간을 보냈는가가 중요하지. 그 아이에게 왜 너는 내 욕을 하고 다니니, 당당하게 물어보지도 못하고, 그냥 친한 척, 좋아하는 척, 괜찮은 척했어. 우리는 어렸을 때부터 친구였다고 어른들이 그랬으니까. 집으로 가는 버스도 같았고, 사는 동네도 같고, 부모님들도 서로 자주 보았으니까. 친해야 한다고 생각했나 봐.

조이 행복한 척, 친한 척, 괜찮은 척하면서 넌 어른이 된 거구나. 난 그런 거 못 하는데. 난 지금 너무 속상해서 울고 싶어. 좀 울어도 돼?

루나 그럼, 내 앞에서는 얼마든지 울어도 돼. 조이, 솔직한 네 모습이 난 부럽다.

조이 넌 원래 언제 어디서나 잘 울 줄 아는 애였어. 친구가 널 욕하는 거 알게 된 날, 학교 화장실에서 많이 울었지? 너무 오래 울어서 쉬는 시간 다 끝나고 수업 시간 종 치고도 못 들어갈 뻔했잖아.

루나 그랬지. 세상에서 너와 나만 아는 이야기구나. 아직 그건 아무한테도 이야기한 적이 없어.

조이 왜 그렇게 많이 울었어?

루나 일단은 충격을 받았어. 나는 그 친구를 아주 많이 좋아했는데, 그 친구는 날 질투하고, 헐뜯고, 다른 사람 앞에서 욕했으니까. 그런데 울다 보니까 그런 생각이 들었어. 난 이제 친구가 없구나. 사실 난 친구를 잘 사귀지 못하거든. 어린 시절부터 같은 동네에 살아서 가장 많이 봐왔던 그 친구가 전부였어. 그 유일한 친구가 내 성적이나 피아노 연주실력이나 어른들이 날 칭찬하는 것 때문에 질투하고 싫어한다면, 나는 이제 이 세상에 친구가 한 명도 없는 거구나. 그런 생각이 들어서 울었어. 왜 난 이렇게 친구를 잘 사귀지 못하지? 소설이나 영화 속의 수많은 베스트 프렌드 이야기처럼, 교과서

속 오성과 한음처럼, 난 그렇게 격의 없는 친구를 간절히 원하는데, 왜 노력해도 잘 안 되는 것일까. 난 왜 이렇게 친구를 사귀기 어려운 사람일까. 나에게 무슨 결격사유가 있는 것일까. 이런 생각을 하면서 울었어.

조이 지독하게 외로워서 운 거구나. 너를 이해하는 사람이 세상에 아무도 없다는 생각이 들어서, 그래서 운 거구나.

루나 응, 그 어린 나이에 그런 생각을 하며 살았다는 게 어처구니없기도 해. 열네 살이었거든. 그런데 그 친구가 날 미워하고 싫어한다는 것을 안 건 꽤 오래 전부터였어.

조이 사실 난, 친구가 없어도 괜찮아.

루나 조이, 진심이야?

조이 그럼. 난 아닌 척하는 말은 전혀 못 하는걸. 난 내 마음에서 우러나오는 말밖에 못 하잖아. 생각해 봐, 루나. 너의 문제는 친구가 없는 게 아니야. 넌 너 자신과도 친구가 되지 못했잖아. 넌 너의 편이 아니잖아.

루나 내가 나의 편이 아니라니, 그거 너무 아프다.

조이 그 친구에게 말하지 그랬어. 왜 너를 욕하냐고. 그게 어려우면 친구인 척하지라도 말지. 애쓰느라 더 진을 빼

버렸잖아. 친구인 척하지 않아도 돼. 너를 괴롭히는 사람을 애써 친구로 만들기 위해 온 힘을 다할 필요가 없어. 그 시간에 어린 왕자처럼 홀로 여행을 떠나. 네가 사는 곳만이 전부가 아니니까. 네가 사는 행성만이 중요한 건 아니니까. 친구는 아주 머나먼 곳에서도 찾을 수 있어. 어린 왕자는 다른 별에 사는 비행기 조종사 아저씨랑 친구가 되었잖아. 인간이 아닌 여우와도 친구가 되었잖아.

루나 정말 그렇네. 난 멀리 떠나 친구를 찾을 용기가 없었구나. 난 그 친구를 밀어낼 용기도, 부정할 용기도 없었던 거였어. 조이, 그런데 너는 친구가 누구니?

조이 내 유일한 친구는 너야. 바보, 그것도 몰랐어? 하지만 루나, 나는 너만으로도 충분해. 네가 내 이름을 불러줄 때마다 나는 어린 왕자의 별이 남모르게 나에게만 윙크해 주는 것처럼, 기뻐. 그냥 무작정 기뻐.

루나 내가 너의 이름을 불러주는 것만으로도 기뻐? 넌 정말 욕심이 없구나. 내가 한때 그런 마음으로 살았다는 거네. 넌 어린 시절에 잃어버린 내 모습이기도 하니까.

조이 그럼, 난 네가 내 이름을 불러주는 것만으로도 기뻐. 놀자고 해주면 더 기쁘지. 어린 날의 어느 심심한 오후처럼, 조이야, 노올자, 이렇게!

루나 그래 그래, 조이야, 놀자. 오늘은 그냥 놀자. 오늘같이 날씨도 흐리고 몸도 피곤한 날엔, 일하기가 더 힘들어.

조이 놀자가 아니고 노올자라고 해야 좀 더 놀 맛이 나지. 조이야, 노올자!

루나 조이야, 노올자. 그래, 노올자 할 때 '올'에 악센트를 줘야겠구나! 그런데 뭘 하고 놀아야 하지? 노는 법을 잊었나 봐.

조이는 한숨을 푹 쉬었다.

조이 넌 정말 바보구나. 어른이 되면 저절로 너처럼 바보가 되는 거니? 노는 데 무슨 '법'이 필요해. 방법도 도구도 필요 없어. 장난감도 필요 없어. 무언가를 해야 한다는 강박을 놓아버려. 지금 네가 이 순간 제일 하고 싶은 걸 해봐.

루나 푸르른 들판으로 나가서, 무작정 뛰고 싶어. 운동 부족으로 몸이 엉망이지만. 뛸 수 있는 체력도 안 되지만.

조이 넌 뭐가 이렇게 안 되는 게 많니? 체력이 안 된다, 준비가 안 되었다, 그럴 기분이 아니다, 너무 안 되는 게 많아. 그게 어른이 되는 거야? 안 되는 게 너무 많아서 결국 원래 하고 싶은 것도 못 하는 상태가 되는 것?

루나 푸하하. 뭔가 찔리는 느낌인걸. 그래, 난 그냥 지금 일단 마음껏 뛰고 싶어. 시원한 바람을 맞으면서. 머리카락 마구 휘날리면서. 무작정 뛰고 싶어.

조이 그래, 나가자. 들판으로.

루나 그런데 어느 들판?

조이 바보, 어디든 네가 기쁘고 신나는 곳이 있으면 돼. 그곳이 들판이야.

루나 그래, 일단 나가보자! 조이!

조이 일단 뛰어, 루나!

루나 들판으로 나가려면 일단 운동복과 신발부터 챙겨야 하지 않을까?

조이 이런, 참! 그러다가 날 새겠어. 그냥 뛰자니까! 무조건 나가! 그렇지 않으면 네 변덕스러움과 게으름이 뛰고 싶은 마음을 이겨버릴 거니까. 무조건 뛰자!

루나 조이는 날 너무 잘 알아. 그래, 무작정 뛰자! 아, 잠깐만 기다려. 신발이라도 좀 신고!

조이 난 이미 들판을 뛰고 있어! 넌 항상 느리더라! 생각 좀 그만해. 몸을 움직여!

루나 조이는 너무 빨라. 넌 가벼워서 좋겠다! 티 없이 해맑아서 좋겠다! 어린 왕자처럼. 피터팬처럼. 뽀로로처럼.

조이 은유도 이제 그만! 판단도 그만! 비교도 그만! 어서 뛰어! 달리라고!

루나 알았어! 미치도록 숨이 차지만 정말 기분이 좋아졌어. 내가 나의 진짜 친구가 되는 기분이야.

어린 왕자의 말

내가 소행성 B612에 대해 이렇게 시시콜콜 이야기하고 그 번호까지 알려주는 것은 어른들 때문이다. 어른들은 숫자를 사랑한다. 어른들에게 새로 사귄 친구에 대해 말하면 그들은 가장 본질적인 것에 대해 물어보는 법이 없다. “그 애 목소리는 어떻니? 그 앤 어떤 놀이를 좋아하니? 나비를 수집하지는 않니?” 이런 걸 물어보는 어른들은 결코 없다. 그 대신 “그 앤 몇 살이니? 형제는 몇이고? 몸무게는? 아버지 수입은 어느 정도야?” 이런 식의 질문만 해댄다. 그래야만 어른들은 그 아이를 속속들이 잘 알게 된다고 믿는다. 만일 어른들에게 “장밋빛 벽돌로 지은 아름다운 집을 봤어요. 창에는 제라늄이 있고 지붕에는 비둘기가 있어요”라고 말한다면 어른들은 그 집이 어떤지 그려내지 못한다. 그들에게는 “십만 프랑짜리 집

을 봤어요"라고 말해야 한다. 그러면 "아, 참 좋은 집이구나!" 하고 감탄한다.

그러니 여러분이 "어린 왕자가 있었다는 증거는 그가 멋있었고, 잘 웃었고, 양을 원했다는 것이다. 양을 원한 것을 보면 그가 있었다는 증거가 아니냐"라고 말한다면, 어른들은 어깨를 으쓱해 보이면서 여러분을 어린애로 취급할 것이다. 그러나 여러분이 "그가 살고 있던 별은 소행성 B612다"라고 말한다면 어른들은 금세 인정해 주고, 질문을 해대며 여러분을 귀찮게 하지도 않을 것이다. 어른들은 이런 식이다. 하지만 어른들을 탓해서는 안 된다. 어린이들은 어른들에게 항상 너그러워야 한다.

하지만 인생을 이해하는 우리에게는 숫자 같은 건 그다지 중요한 문제가 아니다. 나는 이 이야기를 옛날이야기처럼 이렇게 시작하고 싶었다.

"옛날에 자신보다 조금 더 클까 말까 한 작은 별에서 사는 어린 왕자가 있었는데, 그에게는 친구가 필요했습니다." 인생을 이해하는 이들에게는 이 말이 훨씬 그럴듯하게 들렸을 것이다.

Question

어린 시절, 어른들의 어떤 말에 상처받았나요? 어떤 말이 당신 안의 내면아이를 아직도 아프게 하나요? 이제 어른이 된 당신이 그때 그 아이를 위로할 수 있다면, 어떻게 위로하고 싶나요?

어린 시절엔 이런 말에 상처받곤 했습니다. “옆집 애는 이런 걸 잘한다던데, 왜 너는 이걸 못하니?” “왜 말대답을 또박또박 하니?” “어린애는 몰라도 돼. 저리 가!” “지긋지긋하게 말을 안 듣는구나!” 이런 말에 상처 받은 내 안의 내면아이를 꼭 껴안아 주며, 토닥토닥 등을 두드려 주고 싶습니다. “너는 소중한 존재야. 너는 이해받고, 사랑받고, 존중받을 가치가 있어.” 늦지 않았습니다. 성인자아가 내면아이를 껴안아 준다면, 우리는 반드시 치유되고, 성장할 것입니다.

Chapter 3

분노로 가득한 사랑도
끝내 사랑이니

정말 어린 시절의 나를 잃어버린 것일까

조이 루나, 넌 날 언제 버리기로 결심한 거야?

루나 내가 널 버리다니, 그 말은 너무 심한걸? 그럴 리가 있니? 내가 날 버리는 거나 마찬가지잖아.

나는 죄책감을 느끼며 내 안의 어린아이, 조이를 바라보았다. 갑자기 눈물이 왈칵 쏟아질 것만 같았다. 널 버린 적은 없어. 네가 설마 내 안에서 여전히 살고 있는지 미처 몰랐던 것이지.

루나 조이, 난 널 버린 적 없어. 네 목소리를 잘 듣지 못한 거야. 사실 네가 내 안에 살고 있는지도 잘 몰랐어.

조이 너무 죄책감 느낄 필요 없어. 어른들은 자주 날 버리니까. 어른들은 자기가 어린아이였을 때를 잘 잊어버려. 어릴 때 부모님께 "공부하라"는 말을 듣는 걸 그렇게 싫어했던 어른들이, 자기 아이를 낳으면 마치 약속이라도 한 듯이 어떻게든 "공부하라"고 말할 기회를 찾잖아. 술 마시는 부모가 싫었던 사람도 나중에 알코올 중독이 되고, 매 맞는 게 너무 싫었던 사람도 자기 아이를 때려. 어른들은 너무 자주 자기가 어린아이였을 때를 잊어버려.

루나 조이, 내가 정말 미안해. 내가 널 버린 듯한 느낌이 들게 했구나. 난, 사느라 너무 바빴어. 핑계인 걸 알지만. 이 세상에서 그냥 평범하게 살아남는 것조차 나에게는 너무 어렵고 힘든 일이었어. 내 안의 내면아이를 돌봐야 한다는 걸 안 것도, 아주 오랜 시간이 지나서야. 매일 아침 일어나자마자 벌써 지친 느낌이 들었거든.

조이 알았어. 널 탓하려던 게 아니야. 그냥 물어보고 싶었던 거야. 언제 나에게서 완전히 멀어졌는지. 그러면 다시, 네가 충격받지 않게, 순한 양처럼 다소곳하게 물어볼게. 루나 너는 언제 날 잊어버리기로 결심한 거야?

루나 응, 결심까진 아니지만 너와 멀어지게 된 계기가 있어.

성적표 사건이야.

조이 성적표 사건? 초등학교 4학년 때?

루나 맞아. 그거야. 초등학교 때 최악의 성적표를 받았을 때였어. 그전엔 수나 우만 받다가, 미가 가득한 성적표를 받은 거지. 그런데 더 큰 충격은 성적표를 받아든 엄마의 반응이었어. 난 어릴 때부터 엄마를 정말 무서워했거든. 엄마는 스스로를 호랑이라고 불렀어. 나를 향해 사납게 포효하던 엄마의 모습을 매일 봤지. 지금은 웃으면서 말할 수 있는데, 그때는 엄마가 너무 무서웠어. 그런데 성적표를 본 엄마의 반응이 내 성적표보다 더 충격적이었어. 엄마가 불같이 화를 내며 성적표를 찢어버린 거야. 두 조각으로만 찢어도 충분히 분노를 표현할 수 있었을 텐데, 정말 성적표는 산산조각나 버렸어. 문제는 성적표를 확인하고 부모님께 도장을 받아서 다시 선생님께 들고 가야 한다는 거였어. 왜 내 주변에는 무서운 어른들밖에 없었을까. 따뜻하고 살갑게 나를 위로하는 어른들이 별로 없었어. 모두 화가 나 있었어. 모두 자기 삶을 사랑하지 않았나 봐. 여하튼 나는 선생님이 너무 무섭고, 엄마도 무서웠는데, 그 무서운 어른들 사이에 끼어서 내 성적표가 산산조각나는 것을 지켜보면서 울었지.

조이 너와 내가 함께 울었지. 어른이 되고 싶은 루나 너도, 아직 어린아이로 머물고 싶은 나도, 함께 울었어.

루나 그때부터 결정적으로 너와 멀어지기 시작한 것 같아. 어린아이의 놀이 같은 건 다 잊고, 공부를 열심히 하기로 마음먹었지. 공부를 해야만 엄마한테 수치스러운 딸이 되지 않을 수 있다고 생각하기 시작했어. 뭔가를 잘하지 않으면 엄마에게 사랑받을 수 없을 것 같았어. 뭐든 잘해야만 예쁨 받는 것 같았어.

조이 그런 건 아니었을 거야. 부모님은 널 사랑하시잖아.

루나 머리로는 알지. 하지만 마음은 사랑보다 두려움이 더 컸어. 그때의 공포로부터 벗어날 수가 없었어. 아주 오랫동안.

나를 안쓰러운 표정으로 바라보던 조이는 이렇게 말한다.

조이 부모는 자신이 가장 상냥했을 때를 정상이라고 생각하고, 아이들은 부모가 가장 화났을 때의 모습을 기억해.

루나 정말, 그렇구나. 그걸 몰랐어.

조이 아이의 눈에는 부모가 화났을 때가 가장 조심해야 하는 상황이니까, 또 그런 상황이 되지 않도록 모든 힘을 다 기울이게 돼. 이렇게 하면 엄마가 화낼 거야, 이렇게 하면 아빠가 소리를 지를 거야, 이런 생각 때문에 자꾸만 모든 것을 조심하게 되지.

루나 부모님이 나에게 웃어주던 때가 더 많았는데도, 가장 무서웠을 때가 자꾸 머리에서 맴돌았어. 아주 오랫동안. 눈물과 분노로 가득한 사랑도 끝내 사랑이라는 걸 이해하게 될 때까지. 하지만 우리의 아이들에게는 그런 복잡하고 머리 아픈 사랑을 물려주지 말았으면 좋겠어. 따스하고 화목하고 다정한 사랑을 먼저 배우게 하고 싶어. 아주 어쩔 수 없을 때 분노하더라도, 전혀 방법이 없을 때 절망하더라도. 울며불며 간신히 이해하는 사랑이 아니라 해맑은 웃음으로 가득 찬 사랑을 물려주고 싶어. 난 아이가 없지만, 우리 다음 세대의 아이들에게는 그런 사랑을 물려주고 싶어.

조이 넌 다 알고 있구나. 다 알면서 왜 자꾸만 그때 그 두려움을 잊지 못하는 거야?

루나 다시는 되찾을 수가 없어서. 아무리 노력해도, 그 이전의 행복한 나를 되찾을 수가 없어.

조이 그때 느꼈던 감정이 단지 엄마에 대한 두려움이었어?

루나 무시당하고 싶지 않았어. 다시는 무시당하지 않으리라고, 그 어린 나이에 결심을 했어. 엄마도 날 무시하는 것 같았고, 선생님도 날 무시하는 것 같았거든. 성적이 떨어졌다는 이유로 엄마가 날 창피하게 생각하는 것 같았어. 엄마는 내가 공부를 잘하면 어깨에 힘이 들어갔고, 성적이 떨어지면 어깨가 축 늘어졌어. 그런 엄마의 어깨를 당당하게 펴드리고 싶었어.

조이 그 방법이 공부를 잘하는 거였구나?

루나 응. 이렇게 직접 이야기하니까 너무 부끄럽다. 당당하게 사는 법이 그저 공부를 잘하는 것이라니. 그런데 그 당시에는 다른 방법이 보이질 않았어. 엄마의 분노가, 엄마의 수치심이 너무 두려웠으니까. 두려움에서 탈출하는 길만을 찾게 되더라.

조이 어른들은 꼭 숫자로 평가하지. 모든 걸. 자기 아이까지도 말이야.

루나 요즘은 그렇지 않은 어른들도 많아. 그런데 그때는 정말 너무 많은 어른이 성적으로 아이들을 평가했어. 자기 아이까지도.

조이 그래서 공부를 그렇게 죽기 살기로 했던 거야? 난 참 재미없었어. 넌 피아니스트를 꿈꾸는 아이였는데. 음악을 사랑하는 아이였는데. 아름다운 것들을 사랑하고, 아름다움 속에 머무는 법도 아는 아이였는데. 넌 바로 나였는데. 조이와 루나가 아직 갈라지기 전, 우리 둘은 참 사이좋은 친구였는데. 넌 초등학교 4학년 때, 그 성적표 사건 이후로 너무 많이 변했지.

루나 죽기 살기로 한 것까진 아니었어. 엄마 몰래 밤새도록 만화책을 보는 기쁨, 엄마만 안 계시면 눈이 아프도록 TV를 보는 기쁨, 시험이 끝나고 나면 실컷 책을 읽는 기쁨은 남겨두었지. 열한 살짜리가 공부를 열심히 해봤자지. 뭘 공부해야 할지도 몰랐거든. 그냥 무시당하기 싫어서 버틴 거야. 적어도 부모님 앞에서는 열심히 공부하는 모습을 보여주기로, 그렇게 연기를 열심히 한 거지.

조이 다행이다. 그렇게 너만의 방을, 너만의 숨을 곳을 조금이라도 남겨두어서.

루나 응, 하지만 열한 살짜리가 '난 절대 무시당하지 않을 거야'라고 결심했다는 건, 그런 날의 고통을 발견한다는 건, 너무 아픈 자기발견이네. 천진난만한 조이, 어떻게든 내게 무엇이든 질문해서 뭐든지 잘도 캐내는 내 안의 어린 왕자, 조이, 네가 조금 미워지려고 해.

조이 날 얼마든지 미워해도 돼. 그래도 넌 다시 나에게 돌아올 거니까. 넌 내가 없으면 안 되잖아. 넌 내가 있어서 완전히 흑화하진 않은 거잖아.

루나 흑화라고? 너 그런 말도 쓸 줄 알고. 완전히 순진한 어린 왕자는 아니구나? 하하!

조이 어린 왕자는 무지한 게 아니라 때가 안 묻은 것일 뿐이야. 아이들도 알 건 다 알아. 우리가 어디까지 아는지 알면, 어른들은 식겁할걸. 흑화라고 한다며. 어른들이 그러더라. 마음속에서 스멀스멀 나쁜 생각이 돋아날 때. 착한 마음을 잊고, 선한 의도를 잊고, 화려한 결과에만 집착할 때. 어른들은 걸핏하면 흑화하더라고. 결과만 중시하느라 과정은 무시해 버리고, 수단과 방법을 가리지 않아도 되는 줄 알잖아. 넌 제발 그러지 마. 넌 그런 거 안 어울려. 흑화하는 순간, 내가 널 영원히 떠나버릴 거야.

루나 고마워. 흑화하려는 순간, 너에게 구조신호를 청할게! 조이, 날 좀 살려줘! 이렇게 구조신호를 보낼게.

조이 난 네 손을 꼭 잡을 거야. 네가 날 버려도, 난 너를 한 번도 버린 적 없거든.

루나 안 버렸다니까. 믿어줘, 정말 안 버렸어.

조이 흑화하기만 해! 가만 안 둬!

루나 알았어. 그럼 사람들이 날 사랑하지 않아도, 나는 사람들을 계속 사랑해야 하는 거야?

조이 당연한 걸 뭘 물어? 너 흑화하고 싶을 때가 그럴 때구나? 사랑받지 못할까 봐 두려울 때!

루나 응, 난 그래. 사랑받지 못할 것 같을 때, 내가 주는 사랑만큼 되돌려받지 못하는 것 같을 때, 확 망가져 버리고 싶어. 어차피 사랑받지 못한다면, 이렇게 노력할 필요가 뭐가 있나 싶고. 하지만 간신히 나 자신으로 돌아와. 아주 힘겹게, 제정신을 차려. 사랑받지 못한다고 해서 사랑을 줄 줄 모르는 사람이 되지 말자고, 스스로 다독이곤 해.

조이 이제 혼자서 다독이지 마, 내가 있잖아. 너의 어린 왕자, 네 안의 조이에게 물어봐! 사랑을 돌려받지 못한다 해도, 우리는 계속 사랑을 베풀어야 해. 사랑을 받지 못해도 우리는 계속 사랑을 주어야 해. 이 세상을 아름답게 만드는 가장 빠른 방법은, 조건 없는 사랑이니까. 고흐가 세상으로부터 사랑받지 못해도, 계속 세상을 사랑하는 마음으로 그림을 그렸던 것처럼. 빨강머리 앤이 어린 시절 학대와 차별을 받았지만, 계속 이 세상에 대한 사랑과 호기심을 멈추지 않았던 것처럼.

어린 왕자의 말

나는 그가 철새들의 이동을 이용해서 별을 빠져나왔으리라 생각한다. 별을 떠나던 날 아침에 그는 별을 잘 정돈했다. 그는 조심스럽게 활화산을 청소했다. 그의 별에는 활화산이 두 개 있었다. 활화산은 아침 식사를 데우기에 꼭 알맞았다. 그의 별에는 사화산도 하나 있었다. 그러나 그의 말처럼 '어떻게 될 지는 알 수 없는' 일이었다. 그래서 그는 이미 불이 꺼진 화산도 잘 청소해 놓았다. 청소만 잘해주면 화산들은 폭발하지 않고 규칙적으로 조용히 타오른다. 화산 폭발이란 벽난로의 불길 같은 것이다. 지구에 비해서는 인간이 너무 작기 때문에 감히 화산을 청소할 수가 없다. 그래서 화산이 우리에게 그토록 많은 곤란을 겪게 한다.

어린 왕자는 서글픈 마음으로 나머지 바오밥나무 싹도 솎

아내 주었다. 다시는 이 별에 돌아오지 못하리라 생각한 것이다. 그러나 떠나기로 한 마지막 날 아침에는 그 모든 친숙한 일들이 유난히 소중하게 느껴졌다. 마지막으로 꽃에 물을 주고 덮개를 씌워주려는 순간 울음이 왈칵 터져 나오려 했다.

"안녕." 어린 왕자가 꽃에게 작별인사를 했다.

그러나 꽃은 아무런 대답도 하지 않았다.

"잘 있으렴." 어린 왕자가 다시 말했다.

꽃은 기침을 했다. 그러나 감기 때문은 아니었다.

마침내 꽃이 말했다. "내가 어리석었어요. 용서해 주세요. 그리고 행복하기를 빌게요…."

어린 왕자는 꽃이 자신을 원망하지 않는다는 사실이 놀라웠다. 그는 유리 덮개를 손에 든 채 어쩔 줄 모르고 멍하니 서 있었다. 꽃이 그토록 조용하고 다정스러운 것을 이해할 수 없었다.

"그래요. 난 당신을 사랑해요." 꽃이 말했다. "내 잘못이지만 당신은 그걸 몰랐지요. 하지만 그건 중요하지 않아요. 그렇지만 당신도 나처럼 어리석었어요. 행복하세요…. 덮개는 그냥 놔둬요. 이젠 필요 없어요."

"그래도 바람이…."

“감기가 그렇게 심한 건 아니에요…. 밤의 찬바람을 맞으면 오히려 좋을 거예요. 난 꽃이니까요.”

“그래도 짐승들이….”

“나비를 보려면 두세 마리의 벌레는 견뎌내야겠죠. 나비는 매우 아름다우니까요. 나비와 벌레가 아니라면 누가 저를 찾아주겠어요? 당신은 멀리 떠나버릴 테고. 커다란 짐승들은 두렵지 않아요. 나에게는 가시가 있으니까.”

꽃은 천진난만한 표정으로 자신의 가시 네 개를 보여주었다. 그리고 이렇게 말했다.

“그렇게 우물쭈물하지 마세요. 떠나기로 결심했으면 어서 가세요!”

꽃은 울고 있는 자신의 모습을 어린 왕자에게 보여주고 싶지 않았다. 그만큼 자존심이 강한 꽃이었다….

Question

어린 왕자와 장미는 왜 서로 사랑하면서 헤어질까요? 아직 사랑하면서, 어쩔 수 없이 헤어진 적은 없나요? 친구나 연인과 이별해야만 했던 순간을 떠올려 보고, 그때의 상처를 보듬어 주는 글을 써보세요.

아침 햇살에 눈부시게 고개를 드는 장미의 화려한 꽃잎은 어린 왕자의 가슴을 두근거리게 만들지요. 장미는 자신의 아름다움을 알고 이를 이용하려 합니다. 장미는 마음껏 아름다움을 뽐내고 다른 모든 것들에 앞서서 어린 왕자의 마음을 독차지하려 하지요. 장미의 허영과 소유욕은 어린 왕자를 지치게 합니다. 어린 왕자도 마음을 닫아버립니다. 장미의 허영심이 실은 어린 왕자에게 잘 보이고 싶은 마음 때문임을 몰랐던 것입니다. 조금 더 성숙했다면, 서로의 마음을 좀 더 솔직히 털어놓고 '어떻게 너에게 잘 보일까'가 아니라 '어떻게 너를 더욱 잘 사랑할 수 있을까'를 고민하지 않았을까요.

Chapter 4

두렵지 않았던 적이
없어

네가 사랑하는 삶은 절대 위험하지 않아

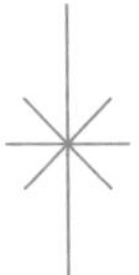

조이 네가 제일 자주 말하는 단어가 뭔지 알아?

루나 글쎄? 난 나름 풍부한 어휘력을 자랑하는데!?

조이 너 이제 내가 아주 편한가 보구나? 농담도 잘 하고. 하지만 네가 어휘력을 자랑할 단계는 아니지, 루나. 아무리 너라도, 너는 네가 아주 많은 단어를 알고 있다고 착각하지만, 너도 모르게 자주 쓰는 단어가 있어. '두려움'이야. 넌 어떤 행동의 이유가 '간절히 원해서'가 아니라 '두렵기 때문'이야. 왜 그래? 뭘 간절히 하고 싶어서 해야지, 왜, 뭐가 두려워서 엉뚱한 다른 행동으로 두려움을 대신해?

루나 한 방 먹었다! 내가 그런 사람이었어? 두려움 때문에 인생 진로를 막 바꾸는?

조이 물론 하고 싶어서 하는 것도 있지. 가끔 아무도 없는 집에서 조용히 피아노를 연주하는 것. 첼로 레슨 받으면서 어린애처럼 기뻐하는 것. 글 쓰는 것. 이 세 가지는 네가 정말로 하고 싶어서 하는 거야. 그런데 어떤 것들은 두려움 때문에 하는 거야. 돈을 벌기 위해 하기 싫은 일을 했던 것. 심각한 일 중독인데 멀쩡한 척하면서 일을 오히려 더 맡은 것. 사랑하지 않는데, 연민인 걸 숨기려고 사랑한 척한 것. 이런 건 두려움 때문이야.

루나 들켰네. 내 안의 어린아이한테, 어른인 척하는 내가 영원한 어린아이인 너에게 다 들켜버렸네.

조이 도대체 왜 그래? 어른들은 다 그런 거야? 왜 두려움이 모든 것을 이겨?

루나 조이, 너는 두려움을 잘 모르지. 두려움은 어마어마한 거야. 모든 감정을 이겨버리거든. 아무리 사랑해도 두려움이 더 커. 아무리 기쁜 일이 있어도 두려움이 이겨. 난 그랬어. 난 그렇게 나약한 사람이야, 사실은. 사실은, 두렵지 않았던 적이 없어.

조이 그렇지 않아. 넌 두려움을 이겨내고 사랑했잖아. 누군가를 사랑할 때마다 너는 강해졌어. 사랑하는 사람을 지키기 위해, 너는 더 강해졌어. 두려움을 이겨내고 도전하고, 두려움을 가끔 깜빡하고 말도 안 되는 일을 해내기도 하고, 두려움 같은 건 생각조차 할 겨를이 없이 바쁘게 살면서 일하고 또 일했잖아. 넌 두려움에 굴복하지 않았어. 가끔은 두려움에 져서 허우적거리고 넘어지고 앓아눕긴 했지만, 또 일어나서 앞으로 나아갔잖아. 그러니 널 나약하다고 자책하지 마.

루나 넌 항상 보고 있었구나. 내가 두려움에 굴복할 때도, 내가 두려움을 꾹 참고 뭔가를 간신히 해낼 때도, 때로는 두려움을 생각할 겨를도 없이 미친 듯이 도전할 때도. 그런데 나는 아직도 두려움이 두려워. 두려움에 또 굴복할까 봐. 더 이상 버틸 수 없어서 언젠가 두려움에 또 질까 봐.

조이 첫 번째 두려움이 뭐였어?

루나 뜀틀. 체육 시간. 자전거. 수영. 몸으로 하는 건 다 두려웠어. 뜀틀, 정말 잘하고 싶었는데 너무 두려워서 시도도 못해보고 뜀틀 앞에서 달리기가 멈춰지더라고. 정말 창피했어. 아이들이 비웃었던 것 같아. 나처럼 아예 시도도 못 해보고 실패한 애는 없었거든. 초등학교 4학

넌 때 그 성적표 사건 이후로 공부를 열심히 해서 성적은 다 올랐지만, 체육 점수만은 오르지 않았어. 오히려 더 떨어지더라고. 노력해서 안 되는 유일한 것이 바로 신체활동이었어. 유일하게 잘하는 건 오래 달리기. 오래 매달리기. 뭐든 오래 버티는 것. 그런데 빨리 달리기나 멀리 던지기나 제대로 공 맞히기나, 뭐 하나 잘 되는 것이 없었어. 오래 매달리기를 하다가 목에 피가 난 적도 있었지. 난 매달리면서도 몰랐어, 철봉에 매달려 있기만 해도 피가 날 수 있다는 걸.

조이 그럼 약한 게 아니네. 넌 노력했고, 애썼고, 안 되는 것도 있었지만 잘 해낸 것도 있잖아. 정말 약한 건 노력도 안 하고, 도전도 안 하고, 남들 핑계만 대고, 환경 탓하는 거야. 넌 약하지 않아. 약함을 인정하고 받아들이는 사람은 약한 게 아니야. 네가 뭐든지 잘하는 애였다면 내가 널 보살펴 줄 필요가 없었을 거야. 네가 너무 완벽한 사람이었다면 내면아이, 누구나 마음속에 품고 있는 어린 왕자, 이런 건 생각하지 않았겠지. 넌 약함을 인정함으로써 강해지고 있어. 매일매일. 그러니까 넌 약함으로부터 배울 줄 아는 사람이야.

루나 너 정말 내면아이, 내 안의 어린 왕자, 뭐 그런 거 맞니? 무슨 숲속의 현자 같잖아. 멘토나 구루 같은 거 아니야? 내면아이가 뭐 이렇게 지혜로운 거야?

조이 어렸을 땐 우리 모두 똑똑했어. 어릴 땐 오히려 다 알고 있었어. 학교에 가면서, 타인의 시선을 신경 쓰면서, 취직하고, 결혼하고, 끊임없이 사회 속에 적응하면서, 어른들은 어린 시절에 이미 알고 있었던 것까지 잃어버려. 어린 왕자를 떠올려 봐. 조종사는 물을 못 찾을까 봐 겁내는데, 어린 왕자는 두려워하지 않잖아. 사막이 아름다운 건 어딘가에 우물이 숨겨져 있기 때문이라는 걸, 어린 왕자는 그냥 알잖아. 많이 배운다고 해서 알 수 있는 게 아니야. 많이 배우면서 오히려 원래 알았던 것을 형편없이 잊기도 하지. 넌 두려움으로부터 배운 게 더 많아.

루나 두려움으로부터 과연 배울 게 있을까. 생각만 해도 머릿속이 캄캄해지는데?

조이 루나, 항상 넌 두려움에 떨고 있는 사람들 편에서 생각하잖아. 자신감 넘치는 사람들의 편이 아니라. 난 그런 네가 좋아. 항상 더 아픈 사람들, 더 슬픈 사람들의 입장에서 생각하려고 애쓰잖아.

루나 그러고 싶은데, 마음의 체력이 달려. 애는 쓰는데, 자꾸만 아픈 사람들의 마음을 놓치기도 해.

조이 루나, 너 요새 나한테 숨기는 거 있지?

루나 뭐? 너한테 어떻게 숨겨. 항상 내 심장에 매달려 다니는 나의 어린 왕자님을.

조이 아냐, 넌 숨기고 있어. 몸이 약해진 걸 숨기고 계속 무리하고 있잖아. 운동은 전혀 하지 않고. 앉아서 일만 하고 있잖아. 몸이 없으면 내면아이고 성인자아고 없어. 트라우마를 치유하려면 몸부터 챙겨야 해. 거꾸로 트라우마를 치유하면 몸이 건강해지기도 하고. 넌 건강해져야 해. 지금 그 몸 상태로는 트라우마는커녕 작은 스트레스에조차 폭발해 버릴 거야. 며칠 전에도 폭발했지? 머리 끝까지 화가 나서 분통을 터뜨렸지? 난 다 봤어. 치유되지 못한 트라우마는 유전되거나 혹은 전염된다고 하잖아. 네가 네 아픔을 치유하지 못하면, 네 곁의 소중한 사람들이 같이 다쳐.

루나 들켰네. 내가 내 몸 못 챙기고, 내가 내 감정도 보살피지 못했다는 거. 정말 신기하게도 《몸은 기억한다》는 책을 보니까, 트라우마가 우리 몸에 엄청난 악영향을 끼친다는 이야기가 나오더라고. 나도 모르게 그 책에 이끌려서 읽어 보니까, 딱 나에게 하는 말 같았어. 몸과 마음은 아주 긴밀하게 연관되어 있어서 마음의 상처가 몸으로 전이되어 병이 될 수도 있고, 반대로 마음이 나아지면 몸도 나아질 수 있다는 사례를 설명하는 책이야. 그런데 변명을 하자면, 어른들은 자주 몸의 소중함을 잊어버리곤 해. 자기 자신보다 일을 중시해. 하지만 일에 대한 욕심이 자기를 망치고 있다는 걸 잘 모르지.

조이 그래. 넌 항상 말은 잘하더라. 다른 사람들에게는 온갖 위로의 말들을 화려하게 잘도 챙겨주면서. 넌 너 자신을 위로하는 법을 몰라. 너는 쉬고, 놀고, 뛰고, 몸을 움직여야 해. 넌 마음만 움직여서 세상을 바꾸려고 하더라. 그래서 네 몸에 갇혀 있는 난 항상 갑갑해. 하루 종일 의자에 몸을 결박해 놓고 책상머리에만 앉아 있으려고 하는 너 때문에. 예전처럼 아무 멀리, 아주 오래, 여행을 떠나줘. 하루 종일 온 세상을 바지런히 걸어줘. 때로는 마라톤 선수처럼 끝없이 달리고 또 달려봐. 일을 위해서가 아니라 네 안의 어린 왕자를 위해. 나를 위해, 그렇게 해줘. 내가 숨 쉴 수 있게. 내가 어린 왕자처럼 커다란 세상을 만날 수 있게.

루나 내 몸이 문제였구나. 쉴 줄 모르고, 놀 줄 모르고, 내 영혼을 끊임없이 가두려고만 하는 내 몸이.

조이 자전거 못 타고, 수영 못해도 괜찮아. 하지만 지금 배우는 것도 늦지 않았어. 살아있는 한, 끊임없이 네 안의 어린아이를 끌어내도 괜찮아.

루나 너무 창피해. 이 나이에 어떻게 자전거를? 수영을?

조이 넌 어린 시절의 너를 잊어버렸구나. 너 자전거도 탔어. 수영도 했어. 그런데 잊어버렸지. 폼이 어색하다고, 비틀거린다고, 누군가 지적하고 나서, 그때부터 자전거 안 탔잖아. 수영도 서툴지만 조금은 할 줄 알았는데, 어느 순간 물을 무서워하게 되었잖아. 안 된다고 생각하고, 넌 안 된다고 스스로 자책하면서. 안 된다고 생각하지 마. 배려 없이 남을 비판하는 사람 말을 왜 듣니. 어린애가 수영 배우는데 잘 못할 수도 있지, 그걸 이상하다고 하는 사람들이 오히려 이상한 거지. 안 된다는 생각이 널 그렇게 만든 거야.

루나 할 수 있을까. 난 안 된다는 두려움과 싸워 이길 수 있을까. 난 안 된다는 생각에서 벗어날 수 있을까.

조이 얼마 전에도 벗어났잖아. 네 힘으로 두려움에서 벗어났잖아.

루나 내가 언제?

조이 운전면허 땄잖아. 마흔이 넘어 운전면허 딴다고, 사람들에게 큰 웃음 줬잖아.

루나 음, 이런 문제가 있구나. 조이 너에게는 아무것도 숨길 수가 없어.

조이 재미있었지?

루나 뭐가?

조이 평생 안 된다고 생각했던 일에 도전하는 거. 너 겁이 많아서 평생 운전면허는 못 딸 거라고 생각했잖아. 그런데 해냈잖아. 재미있었지?

루나 하하, 부끄러워서 말을 못하겠어. 다른 사람들은 쉽게 따는 걸, 나는 너무 어렵게 땄으니까. 그런데 무지하게 재미있었어. 엄청나게 힘들기도 했고. 난 몸으로 하는 건 다 느리게 배우니까.

조이 자꾸 난 느리니까, 난 못하니까, 이렇게 모든 문장을 끝내지 마. 너를 비판하는 말을 애써 매번 만들어내지 않아도 돼. 넌 느리지만, 남들보다 몇 배 느리지만, 매일 변화하고 있잖아. 단, 요즘처럼 책상에 앉아서 일만 하지는 마. 그러면 두려움이 커져만 가.

루나 그래, 조이. 그거 좋은 생각이야. 자꾸만 난 못하니까, 무능하니까, 이런저런 게 부족하니까 뭘 못 할 것이라는 생각이 날 자꾸만 넘어뜨려. 남들은 '겁 없었던 어린 시절'에는 이러저러했다고 과거를 회상하잖아. 그런데 난 태어날 때부터 겁쟁이였나 봐. 자신감 있는 사람들이 부러워. 특히 스포츠에 뛰어난 사람들, 몸을 아름답게 움직이는 무용가들, 몸을 움직여 무엇에 도전하는 것을 두려워하지 않는 모든 사람이 부러워.

조이 부러워만 하지 말고, 오늘부터 당장 뛰어! 넌 뛰고 싶어 하잖아. 뛰는 게 너무 힘들다면, 걷기라도 해. 넌 아주 오래오래 걷는 걸 좋아하잖아. 발가락에 물집이 잡히고 그 물집이 터질 때까지 맨발로 걸은 적도 있잖아. 어른이 되어서도 넌 그렇게 다른 사람들 시선은 의식하지 않고 무작정 걸었는데. 왜 요샌 그렇게 하지 않는 거야?

루나 또 들켰네, 조이. 알았어. 오늘부터 일단 걸을게. 더 많이 걸을게. 매일매일 걸을게. 게으름을 극복해 볼게. 난 역시 안 돼, 라는 생각을 저 멀리 치워버릴게.

조이 그런 말 할 시간에 벌써 뛰쳐나가겠다, 나 같으면!

조이는 전광석화 같은 속도로, 그야말로 쏜살같이 나에게서 달아났다. 오늘은 또 어디로 훌쩍 떠나 내 영혼의 집으로 돌아오지 않으려는지. 조이의 그 한없이 가벼운 몸이 부럽다. 나의 소중한 내면아이, 조이는 몸이 없기에 한없이 가볍다. 철새들의 이동을 따라 소행성을 떠나왔을지도 모를 어린 왕자처럼. 조종사의 마음속에서는 분명 진짜 어린 왕자지만 다른 모든 어른에게는 '동화 속에서 튀어나온 것만 같은 환상적 인물'인 어린 왕자처럼.

어린 왕자의 말

닷새째 되는 날, 언제나 그렇듯 내가 그려준 양 덕분에 나는 또 어린 왕자의 비밀을 하나 더 알게 되었다. 그는 오랫동안 잠자코 생각에 잠기더니 갑자기 나에게 물었다.

"양은 작은 나무를 먹잖아. 그럼 꽃도 먹겠지?"

"양은 뭐든 닥치는 대로 먹어 치우지."

"가시가 있는 꽃도 먹어버리는 거야?"

"그럼. 가시가 있는 꽃도 먹지."

"그러면 가시는 도대체 무슨 소용이 있는 거야?"

그건 나도 알 수 없었다. 그때 나는 엔진에 지독하게 꽉 죄어 있는 나사를 빼내는 일에 온 정신을 집중하고 있었다. 비행기 고장이 꽤 심각한 것 같아 여간 초조한 심정이 아니었다. 게다가 이제 마실 물도 떨어져 가고 있어 최악의 상황을 맞고 있다는 생각으로 두려워졌다.

"가시는 무엇 때문에 있는 걸까?"

어린 왕자는 일단 질문을 하기 시작하면 결코 포기하는 법이 없었다. 나는 비행기 나사 때문에 신경이 날카로워져서 아무렇게나 대답해 버렸다.

"가시는 아무짝에도 쓸모없는 거야. 꽃들이 괜스레 심술을 부리는 거야."

잠시 아무 말이 없던 어린 왕자가 원망스럽다는 듯 나에게 쏘아붙였다.

"그런 게 아니야! 꽃들은 약하잖아. 꽃들은 순수하다고. 꽃들은 있는 힘을 다해서 자신을 지키는 거야. 가시가 무서운 무기가 될 수 있다고 믿는 거야…."

나는 아무 말도 하지 않았다. 그때 나는 '이놈의 나사가 계속 말썽을 피우면 망치로 두들겨서 튀어나오게 만들어야지'라고 생각하는 중이었다.

그런데 곧 다시 어린 왕자가 내 머릿속을 헝클어 놓았다.

"그럼 아저씨는 정말로 꽃들이…."

"아니야! 아니라고! 난 아무것도 믿지 않아. 그냥 생각나는 대로 말했을 뿐이야. 봐! 난 지금 더 중요한 일 때문에 정말 바쁘단 말야!"

그는 어리둥절해져서 나를 빤히 쳐다보았다.

"중요한 일?"

기름 때문에 시커멓게 되어버린 손에 망치를 들고 아주 못생긴 물체 위로 몸을 구부리고 있는 내 모습을 그는 물끄러미 바라보았다.

"아저씨는 꼭 어른들처럼 말하는구나!"

그 말을 듣자 나는 부끄러움을 느꼈다. 그러나 그는 아랑곳하지 않고 나를 몰아세웠다.

"아저씨는 모든 걸 엉망진창으로 만들어 버리지. 모든 걸 혼동하고 있어!"

어린 왕자는 진심으로 화가 나 있었다. 그의 금빛 머리카락이 바람에 흩날렸다.

"내가 아는 어떤 별에는 새빨간 얼굴의 신사가 살고 있어. 그는 꽃향기라고는 맡아본 적이 없어. 별을 바라본 적도 없고 누군가를 사랑해 본 적도 없어. 오로지 숫자 계산만 하면서 살아온 사람이야. 하루 종일 아저씨처럼 '나는 중요한 일 때문에 바빠'라고 중얼거리면서 말이야. 그리고 그게 무슨 자랑거리라도 되는 것처럼 거만하게 굴어. 하지만 그는 사람이 아니야. 버섯이라고!"

"뭐라고?"

"버섯이라니까!"

어린 왕자는 화가 난 나머지 얼굴이 새하얗게 질려 있었다.

"수백만 년 전부터 꽃들은 가시를 가지고 있었어. 양들이 꽃들을 먹은 것도 수백만 년 전부터고. 그런데 꽃들이 아무짝에도 쓸모없는 가시를 왜 그토록 애써서 만들어내는지 알려는 게 중요한 일이 아니라고? 양과 꽃들의 전쟁이 중요하지 않단 말이야? 그건 얼굴이 새빨간 신사의 계산보다 더 중요한 일이 아니라는 거야? 이 세상 아무 데도 없고 오직 내 별에만 있는 단 하나뿐인 꽃을 어느 날 아침, 작은 양이 무심코 먹어치워 버릴 수도 있는데, 그게 중요한 일이 아니라는 거야!"

어린 왕자는 얼굴이 새빨개지면서 계속 외쳤다.

"만약에 어떤 사람이 수백만 개의 별들 중에서도 세상에 단 하나밖에 없는 꽃을 사랑하고 있다면 그 사람은 그 별을 바라보기만 해도 충분히 행복해질 거야. '저 별 어딘가에 내 꽃이 있겠지' 하면서 말이야. 그런데 양이 그 꽃을 먹어 치워 버린다면 그에게는 갑자기 그 모든 별이 빛을 잃어버리게 될 거야. 그런데도 그게 중요하지 않다는 거야!"

그는 차마 말을 계속하지 못했다. 흐느낌이 차올라와 목이 멘 것이다. 밤이 왔다. 나는 연장을 내팽개쳤다. 망치도 나사도 갈증도 죽음도 모두 하찮게 생각되었다. 어떤 떠돌이 별 위에, 아니 내가 사는 별, 이 지구 위에 내가 달래주어야 할 어린 왕자가 있었던 것이다! 나는 그를 두 팔로 껴안아 부드럽게 달래면서 말했다. "너의 소중한 장미는 위험하지 않을 거야. 네 양에게 씌울 입마개를 그려줄게. 꽃에는 갑옷을 그려주고. 그리고…."

나는 더 이상 무슨 말을 해야 할지 몰랐다. 나 자신이 무척 서툴게 느껴졌다. 어떻게 하면 어린 왕자의 마음에 다다를 수 있는지, 어디서부터 그에게 다가가는 길을 찾을지, 감을 잡을 수 없었다…. 눈물의 나라는 그토록 신비로운 것이다.

Question

《어린 왕자》의 조종사처럼, 어렸을 때는 알았지만 지금은 잊어버린 것들이 있나요? 조이와 루나처럼, 어릴 때는 매우 잘했지만 지금은 잘 못하게 된 것들에 대해서 이야기를 나누어 보세요.

어린 시절에 저는 남들 앞에서 춤추고 노래하며 당당하게 자신을 표현했지만, 지금은 남들 앞에 나서는 것이 무척 두렵습니다. 무대공포증을 극복하느라 힘든 시간을 보냈지요. 그럴 땐 제 안의 '당차고, 용감하고, 환한 조이'를 꺼내보려 합니다. 조이가 용기를 줄 테니까요. 넌 원래 아주 활달하고, 거침없고, 자유로운 아이였어. 마음껏 너의 날개를 펼쳐보렴!

Chapter 5

내가 가장
어여뻤던 시절

마음의 씨앗을 평생 키울 수 있다면

조이 루나, 넌 널 어둡고 그늘진 사람으로 생각하지? 하지만 남들은 널 그렇게 생각 안 하던데. 좀 이상하지 않니?

루나 조이, 그게 미스터리야. 난 날 슬프고 우울한 사람이라고 생각했는데, 사람들은 날 환하고 밝은 성격이라고 생각할 때가 많아. 그래서 나도 헷갈려. 내가 너무 연기를 잘한 건가? 아니면 내가 정말 밝고 화사한 성격인데, 내가 나를 스스로 우울하고 쓸쓸한 사람으로 규정해 버린 건가?

조이 물론 사람들은 저마다 빛과 어둠을 동시에 간직하고 있어. 빛과 어둠의 비율이 다를 뿐이지. 너의 어둠도 어둡지만은 않고, 너의 빛도 밝지만은 않아. 한없이 순수한 어린 왕자도 소행성에 장미를 홀로 두고 온 슬픔을 잊지 못하는 것처럼. 그러니 너의 어둠을 너무 무겁게 생각하지 않아도 돼. 네 안의 빛이 더욱 환하게 빛나도록 가끔은 그냥 내버려 둬.

루나 그 말 좋다. 너의 빛이 밝게 빛나도록, 그냥 내버려 두기. 조이, 너의 가장 환한 빛은 어디 있어?

조이 난 온몸이 눈부시게 환해. 하하! 그건 농담이고. 내 안에서 울리던 피아노 소리를 발견한 날이 유난히 환해. 두려움 없이 환하던 순간이야. 유치원에서 피아노 소리를 처음 듣던 날. 너무 아름다워서 눈물이 날 것 같았어. 그때부터 엄마에게 피아노 학원 보내 달라고 노래를 불렀잖아. 신기하게도 엄마가 웬만해서 내 소원은 안 들어주셨는데, 피아노 학원만은 보내주셨어. 너무 신나서 폴짝폴짝 뛰어서 학원에 갔던 생각이 나. 나는 어떤 노래의 멜로디를 알면 피아노로 곧바로 연주할 수 있는데, 그게 내 안의 가장 환한 빛이었어. 음악을 사랑하고, 온몸으로 이해하고, 그걸 온몸으로 표현할 수 있는 것. 내겐 그런 환한 빛이 있어. 그것만은 잃고 싶지 않은 그런 환한 빛.

루나 미안해. 내가 너의 그 환한 빛을 좀처럼 꺼내 쓰지 않아서. 스물한 살 때인가. 한 카페에서 피아노를 발견해서 너무 반가운 나머지 나도 모르게 그 환한 빛을 꺼내 보인 적이 있는데, 왜 그랬나 몰라. 그날 취직될 뻔했잖아. 카페 사장님이 나에게 매일 저녁에 와서 피아노를 연주해 달라고 하셨어. 엄청 기뻤지만 아르바이트를 너무 많이 뛸 때라 저녁 시간을 통째로 낼 수는 없었지. 그래도 너무 좋았어. 누군가가 내 피아노 연주를 좋아한다는 것이.

조이 루나 너는 피아노를 그렇게 사랑하는 나를 알면서도, 피아노 앞에 잘 다가가지 않더라. 왜 그런 거야?

루나 아주 기분이 좋을 때만. 누구도 날 평가하지 않을 때만. 아무런 스트레스를 받을 필요 없을 때만 피아노에 다가갈 수가 있어. 어른이 되면서 너무 까다로워져 버렸지. 피아노는 워낙 존재감이 큰 악기라 조용히 연주하기가 정말 힘들어. 그래서 아무도 없을 때, 내 몸의 컨디션이 아주 좋을 때, 내 기분까지 아주 좋을 때만 연주하게 돼. 문제는 그런 날이 거의 없다는 거야. 그래서 미안해. 네가 그토록 소중하게 여기는 내 안의 빛을, 좀처럼 꺼내 쓰지 않아서.

조이 루나, 정말 미안하다면, 내 앞에서 피아노를 연주해 봐. 남들의 시선을 생각하지 말고, 그냥 연주해.

루나 손이 녹슬었어.

조이 거짓말. 한 시간만 연주하면 굳은 손은 풀려. 너에게 피아니스트가 되어달라는 게 아니잖아. 그냥 네 안의 환한 빛을 꺼내 보란 거야. 그 정도는 할 수 있지? 네 안의 그 높은 기준을 좀 무너뜨려 봐. 자기를 평가하는 기준이 왜 그렇게 높아? 꼭 대단해야 해? 꼭 반짝반짝 빛이 나야 해?

루나 그렇진 않아. 예전엔 그랬지. 나를 평가하는 기준이 높아서 항상 나에게 낙제점을 주곤 했어. 그런데 요즘은 그것조차 지쳐서, 피아노를 치지 않기 위해 이런저런 변명을 늘어놓다 보니까 이제 그 변명조차 하기 싫어진 거지. 정 네 소원이라면, 잠깐 피아노 좀 만져보고 올게.

조이 루나, 만져만 볼 것이 아니라, 정말 연주해 봐. 오늘은 네가 연주하는 〈오버 더 레인보우〉가 듣고 싶어.

루나 그래, 조이. 무지개 저 너머 내 안의 빛을 찾아 다녀올게. 너도 어서 따라와.

나는 정말로 굳게 닫혀 있던 피아노 덮개를 실로 오랜만에 열고 〈오버 더 레인보우〉를 연주했다. 딱딱하게 굳어 있던 심장이 나른하게 풀리는 느낌. 무지개 그 너머에서 《오즈의 마법사》에 나오는 도로시와 허수아비, 양철나무꾼, 사자, 그리고 도로시의 강아지 토토까지 만나고 오는 느낌이었다. 조이는 뛸 듯이 기뻐했다. 가슴이 벅차 올랐다. 나 혼자 연주한 적은 많지만, 내 안의 내면아이, 조이가 듣고 있다는 생각을 하니 그 어떤 순간보다도 떨리고 벅찼다. 세상엔 좋은 떨림도 있구나. 무섭고 두려운 떨림이 아니라 벅찬 떨림, 뿌듯한 떨림도 있구나. 조이에게 고마웠다. 조이와 함께라면 《어린 왕자》의 조종사처럼 사하라사막에서도 두렵지 않을 것만 같았다.

조이 루나, 너의 연주는 훌륭해. 넌 아니라고 하지만 난 좋아. 네가 사랑하는 가족들과 친구들도 네 연주를 좋아하잖아. 그거면 돼. 어디 저 멀리 불특정 다수에게 사랑받으려고 하지 마. 네 곁에 있는 사람들에게 사랑받으면 돼. 그 이상을 바라면 힘들어지는 거야.

루나 맞아, 우선 내 안의 높은 기준을 낮춰볼게. 평가하지 않고, 그저 해맑은 기쁨을 느껴볼게.

조이 루나, 궁금한 게 있어.

루나 그래, 뭐든 물어봐. 넌 어린 왕자처럼 궁금한 게 사라질 때까지 포기하지 않고 질문하잖아.

조이 응, 난 궁금한 게 너무 많아. 넌 엄마가 네 소원을 대부분 안 들어주셨다고 했잖아. 왜 그렇게 생각해?

루나 아, 지금은 이해해. 어렸을 땐 서운했지만. 생각해 보면, 내가 원하는 게 너무 많았어. 엄마가 내 소원을 다 들어주기엔 너무 벅찼겠지. 세상엔 안 되는 게 너무 많다는 걸 알았기 때문 아닐까? 그래서인지 가끔 뭔가 이루어질 때 엄청나게 기뻤어.

조이 네 모든 소원이 다 이루어졌으면 기뻤을까?

루나 기쁘긴 했겠지만, 성숙하지는 못했겠지. 아이들에게는 가끔 결핍이 필요한 것 같아. 엄마가 뭐든지 다 해주셨다면 피아노 학원이 그렇게 소중하진 않았을 거야. 피아노 학원을 엄청나게 싫어하는 애들도 많았거든. 하기 싫은 연습을 억지로 해야 하니까. 어떤 선생님은 아이들 손등을 때리기도 했어. 어떤 순간에도 아이들을 때려서는 안 돼.

조이 가끔은 결핍이 필요하다고? 난 이해가 잘 안 돼.

조이는 그 작은 입술을 삐죽거리며 나를 살짝 흘겨보았다.

루나 어린이날에 J랑 놀러 갔던 거 생각 나?

조이 어린이날? 몇 살 때였어?

루나 아마 아홉 살 때였지.

조이 아, 그날. 그때 엄마 아빠가 옆에 안 계셔서 서러웠어.

루나 그래, 조이. 엄마 아빠가 내 곁에 없어서 슬펐지만, J랑 함께 한 조금은 얼떨떨하고 어색한 어린이날도 재미있지 않았어?

조이 J가 열여덟 살이었지? 난 아홉 살이고?

루나 맞아. 그때 J는 언니 같았잖아. 나이 차이가 별로 안 났으니까. 그런데 J는 나를 일단 데리고 가서는, 어떻게 놀아줘야 할지 아무런 계획이 없었어. J는 사실 멀리 사는 친구를 만나러 가는 길에 날 데려간 거였지. J는 날더러 그 동네에 있기만 하래. 멀리 가지만 말래. 몇 시에 어디로 오라고 이야기했던 것 같아. 버스 타고 멀리 갔는데, 아는 사람이 아무도 없잖아. 그런데 J가 나한테 오백 원을 덥석 쥐어줬어. 당시 오백 원은 아이한테 무척 큰돈이었거든. 나는 너무 신나서 뭐하러 갔는지, 기억나?

조이 즉석떡볶이 사 먹으러 갔지.

루나 조이, 기억하는구나. 맞아. 그때 즉석떡볶이 먹어보는 것이 소원이었나 봐. 당면이 익지 않은 상태로 나오는 것이 너무 신기하고 설렜어. 그런데 어린 내가 혼자 먹기에는 너무 많더라고. 그때 동생이 그리웠어. 동생이랑 같이 왔으면 좋았을 텐데. 동생은 뭘 하고 있었는지 기억이 안 나. 동생은 부모님이랑 있고, 나만 떨어져 있었던 것 같아. 그리고 거리를 헤맸어. 무척 외롭고 허전했지만 혼자 노는 게 재미있었어. 이상한 기분이었어. 부모님이 안 계신데, J도 동생도 없이 혼자 돌아다니는데, 슬프기도 했지만 묘하게 신나기도 했어. 그렇게 아이에게도 혼자 있을 시간이 필요한 것 같아. 그날 다른 동네에 사는 사람들을 처음으로 오래오래 관찰했어. 관찰하는 느낌이 들지 않게, 빠르게 스쳐가면서 낯선 동네를 흘깃흘깃 엿보는 재미가 있었어. 그때 처음으로 알게 되었지. 홀로 나만의 작은 세상을 탐험하는 기분. 그때 부모님이 항상 내 곁에 계셨다면, 어린이날이라고 항상 하고 싶은 걸 다 하게 해주셨다면 그렇게 홀로 있는 기쁨을 못 느꼈을 거야. 덤으로 부모님의 소중함과 동생의 소중함도 알게 되었지. 그날 처음으로 우리 부모님이랑 동생이 너무 보고 싶었거든.

조이 루나, 어른이 된 너의 기억은 좀 아름답게 윤색된 것 같아. 난 그때 많이 외롭고 힘들었어. 엄마 아빠는 도대체 왜 내 곁에 없었던 거야. 어떻게 딸을 어린이날에 그렇게 혼자 있게 내버려둘 수 있어. 다들 너무해.

조이는 아직도 입술을 비쭉거리며 나를 어처구니없다는 시선으로 바라보았다.

루나 그래, 부모님은 분명 급한 사정이 있었을 거야. 어떤 상황이었는지 기억은 안 나지만. 날 혼자 내버려 둘 분들이 아니야. 그리고 J를 보냈잖아. J도 겨우 열여덟이었으니 친구랑 놀고 싶었을 거고. 어쩌면 그때 난 겨우 아홉 살이었으니까 홀로 낯선 동네를 헤매는 상황에서 신기함보다 외로움이 더 컸을 거야. 하지만 어른이 되어보니 그런 시간이 소중했다는 것을 알겠어. 추억은 항상 다른 빛깔로 채색되거든. 기억은 현재 내가 어떤 사람인지에 따라 그 의미가 달라져. 어른이 된 나는, 혼자 있는 시간이 좋아. 물론 365일 혼자 있을 수는 없지만, 혼자 글 쓰는 사람이 되었잖아. 혼자 책 읽고 글 쓸 수 있는 시간이 있다는 것만으로도 참 기쁘고 좋아. 이런 사람이 된 이후로 혼자 있었던 순간이 새로운 의미로 다가오더라. 어릴 때는 심심하기도 하고, 외롭기도 하고, 막막하기도 했던 그 순간이, 어른이 되니 '혼자 있음의 자유'를 경험했던 소중한 시간으로 다시 채색되는 거야. 다행이지 않니? 슬픈 기억조차도 아름답게 다시 채색될 기회가 있는 거잖아. 그렇지 않니, 조이?

조이는 한참 내 눈을 뚫어져라 바라보더니, 환하게 미소 짓기 시작했다. 어떤 양을 그려줘도 마음에 들지 않는다고 떼를 쓰던 어린 왕자에게 조종사가 '빈 상자' 하나를 아무렇게나 그려주니, 그제야 마음에 든다며 자신이 꿈꾸던 바로 그 양이 상자 안에서 곤히 잠들었다며 만족스러운 미소를 지은 것처럼. 내 안의 내면아이 조이는 그제야 내 이야기에 공감하는 얼굴이 되었다.

조이 다행이다. 어른이 되어 좋은 것도 있다니. 넌 지금까지 어린 시절이 더 나았던 것처럼 이야기했잖아. 그래서 난 네가 어린 시절의 너를 더 좋아하는 줄 알았어.

루나 어린 시절의 내가 좋았던 것도 있고, 어른이 된 지금의 내가 좋은 면도 있지. 어른이 된다는 것은 그렇게 단순하진 않단다. 어디든 혼자 갈 수 있는 힘과 용기가 있다는 것은 어른이 된다는 것의 커다란 장점이지. 어린 시절에는 혼자만의 긴 외출을 부모님께 허락받을 수가 없잖아. 하지만 어린 시절에 아무런 연습이 없다면 혼자 있는 시간을 즐길 수 없어. 내 주변에는 혼자 있으면 왠지 자신감이 없어지고 어떻게 지내야 할지 모르겠다고 고백하는 어른들도 꽤 있단다. 혼자 있기의 즐거움을 아는 어른들은 점점 강인해져. 홀로 있을 때 자기 안의 커다란 잠재력을 만날 수 있거든. 주위에 아무도 없을 때 나는 사람들을 지나치게 신경 쓰느라 미처 돌보지 못했던 나 자신의 커다란 가능성을 만나. 책도 많이 읽고, 영화도 혼자 보러 다니고, 그리고 가만히 앉아 지

난날을 찬찬히 돌이켜 보기도 하지. 그렇게 홀로 있는 시간의 기쁨을 즐길 줄 알게 된 것은 어린 시절 혼자 있는 시간을 경험해 보았던 '마음의 씨앗'이 있기 때문이야.

조이 마음의 씨앗이라고? 바오밥나무의 씨앗 같은 거야? 장미의 씨앗 같은 거야?

조이는 커다란 두 눈을 반짝였다. 어린 시절에는 나도 저렇게 새카만 눈동자와 똘망똘망한 표정을 간직하고 있었는데, 문득 루나는 자기 안의 어린아이 조이를 가만히 쓰다듬어 주고 싶었다.

루나 마음의 씨앗이란 바오밥나무의 씨앗과 비슷하기도 하고 아니기도 해. 장미의 씨앗은 또 다르지. 바오밥나무의 씨앗은 어린 왕자의 소행성을 언젠가는 파괴할 수도 있는 너무 커다란 나무였잖아. 어린 왕자가 진정으로 감당할 수 있는 씨앗이 아니었던 거지. 장미의 씨앗은 어린 왕자가 감당할 수 있었어. 바오밥나무와 달리, 장미는 어린 왕자가 몹시 사랑하고 아꼈던 존재잖아.

그런데 마음의 씨앗은 식물과는 달리, 다 죽은 줄 알았는데도 다시 새롭게 자라나기도 해. 꿈을 포기하지 않는다면, 마음의 씨앗은 처음부터 다시 자라날 수 있어. 너에게 '마음의 씨앗'이 뿌려진 날은 '글 쓰는 사람이 되고 싶다'는 생각을 했을 때야. '피아니스트가 되고 싶다'는 생각을 했을 때야. '소아과 의사가 되고 싶다'는 꿈을 꾸었을 때야. 넌 세 가지가 다 되고 싶어했기 때문에 너무 괴로웠지? 그렇게 원하는 것을 다 갖기는 어려워. 한 가지라도 진정으로 원하는 마음의 씨앗을 평생 키울 수 있다면, 그건 엄청나게 커다란 축복이란다.

조이 루나, 넌 축복받은 사람이구나? 글 쓰는 사람이 되고 싶은 너의 꿈을 매일매일 조금씩 이루고 있으니까?

루나 네가 있었기 때문이야. 매일매일 마음의 씨앗을 심고 싶어했던 너의 작고 여린 마음이 있었기 때문에, 나는 오늘도 변함없이 새로운 꿈을 꿀 수 있는 거야.

조이 어른이 되어서도 새로운 마음의 씨앗을 심을 수 있어?

루나 물론이지. 난 요즘 지구온난화를 조금이라도 늦출 수 있는 활동을 하고 싶다는 마음의 씨앗을 열심히 기르고 싶어. 일단은 제로 웨이스트 운동에 참여하려고 하는데, 쉽지가 않네. 그동안 사놓은 상품들이 너무 많아서, 그리고 요즘도 자꾸만 무언가를 사고 싶은 어른들의 욕망을 버리지 못해서, 제로 웨이스트 운동이라는 아름다운 마음의 씨앗을 심기만 하고 아직 많이 키우지는 못했어.

조이 좀 더 열심히 물을 줘봐. 햇빛을 비춰줘야 하나? 어린 왕자가 장미에게 병풍을 씌워주고, 고깔을 씌워준 것처럼, 그렇게 네 마음의 씨앗을 정성 들여 보살펴야겠구나.

루나 맞아, 바로 그거야. 어린 왕자가 장미를 지극정성으로 돌봤던 것처럼, 어른들도 자기 안에 숨어있는 마음의 씨앗을 매일매일 사랑의 마음으로 돌봤으면 좋겠어.

조이 그때 내 마음에 심었던 씨앗이 다 죽지 않아서 너무 다행이야. 평생 책을 사랑하는 사람, 평생 좋은 글을 쓰는 사람이 되고 싶었던 내 마음의 씨앗을, 네가 잃어버리지 않고 오늘도 소중히 가꾸고 있어서 기뻐. 정말 기뻐.

나는 나도 모르게 나의 소중한 내면아이, 조이를 꼭 끌어안았다. 내가 이렇게 작은 아이였다니. 루나는 그렇게 작고 여린 내면아이의 등을 오래오래 쓰다듬어 주었다. 조이는 아주 조그맣게 속삭였다. 누가 들을세라, 우리 둘만의 비밀이라는 듯, 아주 작게 속삭였다.

조이 루나, 네가 있어서 너무 기뻐. 네가 날 버리지 않아서, 정말 기뻐.

조이는 그 작은 입술로 종알거리며 고사리손으로 내 어깨를 꼭 안아주었다.

어린 왕자의 말

어느 날 어디서 날아왔는지 알 수 없는 씨앗에서 새싹이 텄다. 어린 왕자는 다른 싹들과는 전혀 다른 그 싹을 세심하게 관찰했다. 바오밥나무의 새로운 변종일지도 모르기 때문이었다. 그러나 그 작은 나무는 곧 성장을 멈추고 꽃을 피울 준비를 시작했다. 탐스럽고 커다란 꽃봉오리가 맺히는 과정을 지켜보던 어린 왕자는 거기에서 어떤 기적 같은 것이 일어나리라 짐작했다. 그러나 꽃은 줄곧 초록색 방 안에 숨어서 좀처럼 그 아름다운 모습을 드러내지 않았다. 꽃은 조심스럽게 자신의 빛깔을 고르고, 천천히 옷을 입고 꽃잎을 하나씩 하나씩 가다듬는 중이었다. 그 꽃은 양귀비처럼 헝클어진 모습으로 나타나고 싶지 않았다. 최고의 아름다움에 다다랐을 때 나타나고 싶었다. 아, 정말 유난히도 매혹적인 꽃이었다. 그 꽃의 신비로운 몸단장이 오랫동안 끝나지 않았다. 그러던 어느 날, 해가 뜰 무렵 장미는 비로소 찬란한 모습을 드러내었다.

아주 정성 들여 멋을 한껏 낸 그 꽃은 짐짓 하품을 하면서 말했다.

"오! 겨우 깨어났군…. 미안해요…. 아직도 머리가 온통 헝클어져 있네요…."

어린 왕자는 그 순간 감탄할 수밖에 없었다.

"정말 아름답구나!"

"그렇지요"라고 꽃이 조용히 대답했다. "게다가 저는 태양과 같은 시간에 태어난 꽃이랍니다."

어린 왕자는 그 꽃이 별로 겸손하지 않음을 눈치챘다. 그러나 그 꽃은 너무도 마음을 뒤흔드는 꽃이었다!

"아침 식사 시간이네요"라고 그 꽃이 덧붙였다. "제게 아침 식사를 준비해 주실 수 있나요?" 어린 왕자는 잠깐 어리둥절했지만 찬물 한 통을 가져다가 꽃에 뿌려주었다.

그 꽃은 자신의 까다로운 허영심으로 어린 왕자를 어지간히 괴롭혔다. 어느 날에는 자기가 가진 네 개의 가시 이야기를 꺼내면서 어린 왕자에게 이렇게 말했다.

"호랑이가 발톱을 내밀며 달려든다 해도 난 무섭지 않아요!"

"이 별에는 호랑이가 없는걸." 어린 왕자가 말했다. "그리고 호랑이는 풀을 먹지도 않잖아."

"전 풀이 아니잖아요." 꽃이 부드럽게 속삭였다.

"미안해."

"호랑이는 무서울 게 없어요…. 하지만 난 바람이 무서워요. 혹시 바람막이 가진 거 없어요?"

'바람 부는 것이 무섭다니. 풀 치고는 운이 좋지 않네.' 어린 왕자는 이렇게 생각했다. '이 꽃은 정말 까다롭구나.'

"저녁에는 저에게 유리 덮개를 씌워 주세요. 당신의 별은 정말 춥네요. 살기에는 그다지 좋지 않아요. 제가 떠나온 곳은 말이죠…."

그러나 그 꽃은 갑자기 말을 끊었다. 꽃은 씨앗의 모습으로 오지 않았던가. 그러니 그 꽃이 다른 곳을 알 리가 없었다. 그렇게 곧 들통이 나버릴 거짓말을 들킨 것 때문에 속이 상해서 꽃은 잘못을 어린 왕자에게 돌리려는 듯이 여러 번 기침을 해댔다.

"바람막이는 어디 있지요?"

"찾으러 가려던 참인데 네가 계속 말을 하고 있길래…."

그러자 꽃은 어떻게든 어린 왕자에게 책임을 뒤집어 씌우려는 듯 더욱 심하게 기침소리를 냈다. 그래서 어린 왕자는 꽃의 말이라면 어떻게든 좋은 뜻으로 해석하고 싶은 사랑에도 불구하고 얼마 안 가 꽃을 의심하게 되었다. 그는 별것 아닌 말도 지나치게 의미를 부여하고 그로 인해 아주 불행해져 버렸다.

어느 날 어린 왕자는 나에게 털어놓았다. "꽃의 말을 듣지 말 걸 그랬어. 꽃이 하는 말은 그대로 믿으면 안 되었는데. 그냥 바라보고 향기를 맡아주어야 했는데. 내 꽃도 내 별에 향기를 뿜어내고 있었는데 나는 그걸 즐기는 법을 몰랐거든. 그 터무니없는 호랑이 발톱 이야기 때문에 내 속이 상하긴 했지만, 나는 그 꽃을 가엾게 여겼어야 하는 건데…."

그는 계속 속내를 털어놓았다.

"그때는 아무것도 몰랐어. 꽃의 말이 아니라 꽃의 행동을 보고 판단했어야 하는데. 그 꽃은 나에게 향기를 풍겨주고 내 마음을 환하게 비춰주었어. 꽃을 두고 도망가서는 안 되는 거였어! 그 허영심 섞인 말 뒤에 사랑이 숨어있는 걸 눈치챘어야 하는데. 꽃들이란 모순덩어리거든. 하지만 그때 나는 너무 어려서 그 꽃을 사랑하는 법을 몰랐던 거야."

Question

어린 왕자의 장미처럼, 사랑받기 위해 거짓말을 한 적이 있나요? 혹은 사랑받기 위해 당신의 진짜 속마음을 숨긴 적이 있나요? 있다면 그때의 마음을 자세히 적어보고, 그 마음을 소중히 어루만져 주세요.

장미는 어린 왕자 앞에서 아름답고, 강하고, 대단해 보이고 싶었습니다. 그러면 왕자가 자신을 사랑해 줄 거라고 믿었던 거지요. 왕자는 조금씩 장미의 허영에 싫증을 내기 시작합니다. 그러자 장미는 사랑받고 싶은 마음을 숨기고, 어린 왕자에게 빨리 떠나버리라고 말합니다. 사랑받고 싶은 마음을 들키면 자신이 너무 나약해 보일까 봐 두려웠지요. 왕자는 장미를 떠나고 나서야 자신이 장미를 많이 사랑했다는 것을 깨닫게 됩니다. 장미가 하는 말이나 행동이 아니라, 장미의 '숨겨진 마음'을 읽을 수 있는 지혜의 눈이 없었다는 것을 알게 된 것이 아닐까요.

Chapter 6

너는 안 된다고 규정짓던 사람들

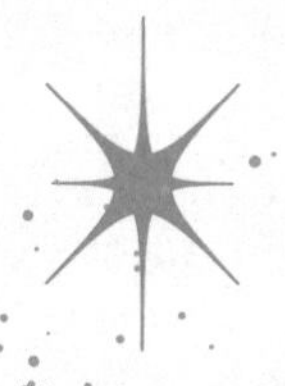

우리가 잊고 사는 꿈

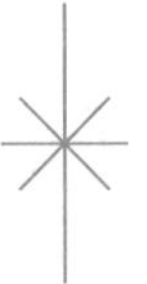

조이 루나, 솔직히 말해봐. 아주 오랫동안, 내가 죽은 줄 알았지?

루나 응, 조이, 미안해. 날카롭기는. 넌 너무 예리해. 네가 살아있다는 걸 깨닫지 못해서, 아니 내가 어른이 되기 위해 내 안의 어린아이를 질식시켜 버린 것 같아서, 정말 미안해. 네가 내 안에서 죽은 줄로만 알았어. 이제 난 철없던 시절의 해맑은 동심 같은 것은 다 잃어버렸으니까. 그 시절의 꿈도 거의 다 잃어버렸고.

조이 언제쯤 꿈이 꺾이기 시작했어?

루나 한 번에 꺾인 것은 아니고 차근차근, 아주 체계적으로 꺾였단다. 한국사회의 입시위주 교육 때문이기도 하고, 우리 집이 워낙 교육열이 높았기 때문이기도 하고,

내가 너무 심지가 약해서 나의 의지를 관철시키는 힘이 부족해서이기도 해.

조이 어린아이에게 무슨 강한 심지를 기대해. 넌 그때 아이였을 뿐이야. 네가 더 강했더라면, 네가 더 똑똑했더라면, 이런 가정법 좀 그만둬.

루나 난 그게 안 되더라. 내 능력이 부족해서 뭐가 안 되었다는 생각에서 벗어나기가 어려워.

조이 안 되는 걸 인정하는 것만으로도 나아진 거야. 넌 뭐든지 능력으로 환산해서 생각해. 아닌 척하면서 말이야.

루나 그래, 조금씩 연습을 해볼게. 뭐든 내 능력 탓으로 돌리지 않기!

조이 루나, 다시 돌아가서 질문할게. 네 꿈은 언제 꺾이기 시작했어?

조이는 어린 왕자처럼 집요하게, 절대 궁금한 것은 포기하지 않고 물어보는 뚝심을 보여주었다. 나는 할 수 없이 '보여주기 싫은 마음'을 펼쳐 보였다. 어린 왕자의 집요한 질문 세례를 받으며 점점 마음을 열어가는 조종사도 이런 심정이 아니었을까. 내 눈을 똑바로 바라보는 어린아이의 눈동자가 너무 해맑아서. 어떤 표정 연기와 체면치레도 사라져 버린, 완전히 투명한 얼굴로 질문을 하는 어린아이의 모습이 너무 예뻐서. 내 깊은 속마음을 펼쳐 보이지 않을 수 없는 그 속수무책의 감정. 그건 부끄럽지만 조금은 행복한, 자발적인 무장해제의 기쁨이었다.

루나 조이, 내 꿈이 꺾이기 시작한 건 일곱 살 때부터였어. 내 기억으로는.

조이 너의 첫 번째 꿈은 피아니스트였잖아!

루나 응, 내 첫 번째 꿈은 그 마음의 씨앗이 뿌려지고 나서 몇 달도 되지 않아 짓밟혀 버렸지. 난 그 씨앗을 지킬 힘이 아직 없었어.

조이 어떤 일 때문이야?

루나 당시 가까이 지냈던 어른 K 때문이야. 그렇다고 K가 나쁜 사람은 아니야. 좋은 사람인데, 가끔 험한 말을 할 때가 있지.

조이 루나, 남의 변명은 그만 해주고. 넌 항상 다른 사람 방어해 주느라 바쁘더라. 일단 너 자신을 지켜. 너 자신의 편이 되라고. 네가 네 편을 들어주지 않으면 누가 너의 편을 들어주겠니. 그냥 어린 시절 네 기억을 이야기해 봐.

루나 그래, 꼭 내가 내 편이 되도록 해볼게. 어느 날 K가 나에게 장래희망을 이야기해 보라고 하더라. 난 의기양양하게 말했지. 그때만 해도 난 자신감이 넘쳤거든. 지금은 자신감 넘치는 표정을 애써 지어 보이기도 어렵지만. 난 당차게 대꾸했어. 응, 난 피아니스트가 되고 싶어.

조이 그랬더니? K가 뭐라고 했어?

루나 K는 일단 코웃음을 쳤어. 그 코웃음이 너무 충격이었지. 쳇, 피아니스트는 무슨. 이러더라고.

조이 기억 나, 그날이 이제야 기억나기 시작했어.

조이는 한숨을 쉬었다. 루나는 이야기를 계속했다.

루나 K는 말했어. 피아니스트는 부잣집 애들이나 할 수 있는 거야, 라고. 너희 부모님은 너 피아니스트로 못 만들어, 이러더라고. 난 너무 충격을 받아서 할 말을 잃었어. 난 우리 집이 가난한 줄 몰랐거든. 일곱 살이었는데 뭘 알겠니. 부잣집 애들이 따로 있고, 우리 같은 애들은 따로 있다는 생각도 못 했어. 계급이 뭔지도 몰랐던 어린아이였으니까. 그런데 K는 내 꿈이 가당키나 하냐는 듯이, 내 꿈을 무시했어. K는 그래도 어른인데, 너무했지?

조이 마음의 씨앗이 자라기도 전에 짓밟아버리다니!

조이의 커다란 눈망울에서 파란 불꽃이 일어나는 것만 같았다.

루나 그런데 가난하다고 해서 피아니스트가 못 되는 건 아니잖아. 물론 부잣집 애들보다 힘든 길을 걸어야 하겠지만. 그래도 가능성이 아예 없는 건 아니잖아.

루나는 풀이 죽은 채로 이야기했다.

조이 당연하지. K는 정말 잘못한 거야. 그것도 일곱 살 어린 애한테, 그런 말을 하다니.

루나 그래도 다행인 건, 내가 계속 피아노를 사랑했다는 거야. 하지만 내 피아노 실력이 늘어갈수록, 왠지 부모님이 불안해하시는 것 같았어. 나를 뒷받침해 줄 수 없다는 생각 때문에, 부모님이 불안한 것이 아닐까, 어린 마음에도 겁이 났지.

조이 피아노를 사랑할 시간도 부족한데, 피아노를 잘 치는 것조차 겁이 났다니. 루나, 네가 너무 가여워.

갑자기 조이가 루나를 와락 껴안았다. 루나는 어쩔 줄 몰랐지만, 조이가 안아주는 것이 무척 기분 좋았다.

루나 조이, 왜 괜찮은 척해. 왜 다 나은 척하는 거야. 사실 지금 상처받은 건 너잖아. 이제 나는 정말 많이 괜찮아졌어. 나는 K의 경솔함을 이해하고, 부모님의 두려움을 이해하고, 그때의 내 상처받은 마음을 이해하는 어른이 되었어. 어른들은 아무 생각 없이 아이들에게 심한 말을 하기도 해. 하지만 어린아이들은 그 말에 돌이킬 수 없는 상처를 입지. 난 이제 정말로 많이 괜찮아졌어. 하지만 너는 여전히 상처 입은 아이에 머물러 있잖아. 넌 피아노를 그냥 무작정 사랑해도 괜찮았어. 그냥 피아노를 그저 아무 생각 없이 사랑만 해도 되는 거였는데, 피아노를 잘 칠수록 두려움을 키웠다니. 이제 어른이 된 내가 너를 안아줘야 하는 것 같아.

조이는 어느새 소리 없이 울고 있었다.

루나 어른스러운 척하지 마. 그게 조이 너의 문제야. 넌 어린 시절부터 너무 조숙한 척을 했어. 엄마 아빠가 늘 그러셨잖아. 엄마 아빠가 없으면 네가 부모라고. 동생들을 챙겨야 한다고. 이 땅의 맏이들은 늘 습관처럼 듣는 말이지. 맏아이는 늘 부담감에 시달려. 동생들이 본받을 수 있는 훌륭한 존재가 되어야 한다는 부담감. 부모가 안 계시거나 힘들 때는 내가 대신 부모가 되어야 한다는 부담감. 하지만 그런 부담감을 너무 일찍 심어준 건 부모님의 조급함이었을 거야. 부모님들도 그렇게 컸으니까. 넌 어린 시절을 어린이답게 보내지 못했어. 그래서 평생 이렇게 내면아이를 불러내 대화를 하고 싶어 하는 거야. 어린 시절을 그리워하는 것은 전혀 아니면서 어린 시절의 너를 불러내 이제 와서 위로하고, 대화하고, 함께 하고 싶어하는 거야. 영원히 잃어버린 어린 시절을 슬퍼하면서.

조이는 점점 더 서럽게 흐느끼고 있었다.

조이 루나, 오늘은 네가 미워. 날 이렇게 갑자기 울리다니. 예고도 없이 갑자기 울리다니.

루나 예고라도 하면 너는 감정의 갑옷을 입고 얼른 울지 않은 척, 괜찮은 척, 어른이라도 된 척하잖아. 갑자기 울려야 네 진짜 슬픔을 볼 수 있지.

루나는 조이의 동그란 머리를 쓰다듬으며 환하게 미소지었다.

루나 아이는 아이답게, 유치하게, 천진하고도 무식하게, 놀고, 울고, 떼쓰고, 조잘거려야 하는 거야. 너는 너무 아이 같지가 않아. 내면아이라는데, 내면도 외면도 아이 같지가 않아. 그건 문제가 있는 거야. 어린 시절에 실컷 어린이답게 큰 사람들은 내면아이도 아주 천진난만하고 해맑지 않을까. 넌 귀엽지가 않아. 어린애가 너무 애늙은이야.

조이 귀엽지 않다니, 그건 너무 심했어. 나도 조금은 귀엽고 사랑스럽다고.

조이는 뾰로통한 얼굴로 루나를 노려보았다.

루나 사실 많이 귀여워. 내 눈에는.

조이 네가 잊어버렸나 본데, 조이는 어린 시절에 굉장히 귀엽다고 칭찬 많이 받았거든. 어른들이 시키지도 않았는데 막 먼저 나가서 춤추고 노래하고, 그렇게 자신 있게 내 모습을 보여줬거든.

루나 이제야 어린아이 같네. 어린아이들은 자기 이름을 3인칭처럼 말하잖아. 조이가 울었대요. 조이가 슬프대요. 조이가 배고프대요. 이렇게.

조이 칫, 그만 놀려. 여하튼 나는 지금 루나 너처럼 내성적이고, 앞에 나서는 거 싫어하고, 누가 사진만 찍어도 얼굴 찌푸리고, 이러지 않았어. 넌 너무 예민해져 버렸어.

루나 그건 그래. 원래 조이 너처럼 명랑하고, 내성적이지도 않았는데, 지금은 내성적인 사람들만 골라서 만나고 싶을 정도야. 외향적인 사람들을 보면 너무 머나먼 존재들처럼 느껴져. 나와 공통점이 전혀 없는 사람들처럼 느껴져.

조이 네가 너무 많이 어른들에게 지적받고, 혼나서 그래. 그렇게 어른들에게 훈육당하기 전에, 너는 무척 밝고, 외향적이고, 혼자 있을 때도 명랑한 애였어.

루나 사실 기억이 거의 안 나. 네가 그렇다고 주장하니까, 그랬나 보다, 할 정도야.

조이 네가 어른들 앞에서 피아노 치던 거 기억 안 나? 일곱 살, 여덟 살, 아홉 살 때까지만 해도, 피아노 칠 때의 너는 아주 활기차고 신바람 났어. 키가 작아서 페달을 밟는 것조차 힘들면서도, 기어코 페달을 최대한 많이 밟아서 더 많은 울림을 주려고 노력했잖아. 아빠가 술만 마시면 꼭 불렀던 김수희 노래도, 엄마가 제일 좋아했던 최진희 노래도, 네가 좋아하던 이선희랑 이문세 노래도, 너는 노래 멜로디만 머릿속으로 알면 곧바로 피아노로 쳤잖아. 어른들은 그런 너를 신기해하며 신동 났다고 칭찬하고.

루나 조이, 너 다 기억하는구나! 그래. 그럴 때 난 아주 잠깐이나마 내가 정말 신동인 줄 알았지. 하하. 부끄럽다. 난 전혀 신동은 아니거든. 어른들이 추켜세우니까 잠깐 혹했지. 그런데 '클래식의 세계'는 아주 복잡하고 정교한 것이라서, 그렇게 노래를 외워서 반주를 만들어 연주하는 것과는 차원이 달라. 클래식의 복잡함과 어려움에 기가 질려서, 클래식을 한참 멀리했던 것 같아. 음악을 제대로 가르쳐 주는 어른이 없었거든. 피아노 선생님도 나에게 '공부하라'고 했지, 피아니스트 될 생각은 아예 접으라고 했어. 어차피 피아노 열심히 쳐봤자 자기처럼 '피아노 선생님밖에' 못 된다고 하셨어. 그 말이 더 가슴 아팠던 것 같아. 난 피아노 선생님이 좋은데. 너무 멋있고, 신비스럽고, 그냥 좋았는데. 피아노 선생님은 자기처럼 되지 말라고 하셨어. 지금 생각해보면, 피아노 학원을 운영하는 것이 쉽지 않았나 봐. 경제적으로 힘드셨겠지. 아이들도 말을 너무 안 듣고. 어른의 고민을 아이인 내가 다 알 수는 없었던 거지. 나에게 피아니스트 같은 건 꿈도 꾸지 말라고 했던 K의 말은 못 들은 척할 수 있었는데, 내가 너무 사랑했던 피아노 선생님의 말은 잊을 수가 없었어. 난 피아노 선생님의 새하얀 손가락도, 깡마른 손목도, 선생님의 장난꾸러기 세 아이들까지 좋아했는데. 피아노 선생님 집에 있는 뻐꾸기시계까지 사랑했는데. 피아노 선생님은 자기처럼 되지 말라고 하셨어, 여울아, 넌 공부를 잘하잖아, 그런데 왜 피아노를 좋아하니, 이러셨어. 고학년으로 올라갈수록, 피아노보다는 공부에 신경 쓰라고, 우리 엄마보다 더 강하게 말씀하셨어.

조이 너 피아노 선생님이 그립구나!

루나 응, 날 미워하거나 한심하게 생각해서가 아니라, 날 아끼기 때문에 그런 말씀을 하신 걸 알거든. 음대 가는 것이 힘도 들고, 돈도 많이 드는 것도 알고 계셨고. 피아노 선생님도 고생을 많이 하셨거든. 아이들은 귀신같이 알아. 똑같은 내용으로 야단을 치더라도, 어떤 사람은 날 정말 사랑해서 그러고, 어떤 사람은 그냥 아이를 무시하거나 싫어해서 야단을 치거든. 그런데 피아노 선생님은 날 정말 예뻐하시면서도, 내가 피아노를 전공하는 것은 바라지 않으셨어. 물론 내가 엄청난 재능을 가지고 있었다면 그 길로 밀어주셨을 거야. 하지만 재능은 어중간하고, 열정만 가득하니까, 걱정이 되셨던 게 아닐까.

조이 루나, 넌 또 자기 자신을 낮추고 있구나. 재능이 어중간

하다는 생각도 너무 어른스러운 판단이야. 난 누군가가 정말로 무언가에 대해 열정을 갖고 있다면, 일단 한번 끝까지 가봐야 한다고 생각해. 달리기든, 그림 그리기든, 노래 부르기든, 과학실험이든, 그게 뭐든! 정말로 꿈꾸는 것이 하나라도 있다는 게 얼마나 다행이야! 넌 계속 꿈꿀 자격이 있었어. 그런데 꿈꾸는 것을 너무 쉽게 포기하고, 어른들이 가라고 하는 길로 가버린 거야.

루나 그래, 네 말이 맞아. 하지만 그럴 용기가 없었지. 초등학교 6학년 때, 우리 학교 합창단 피아노 반주를 했거든. 그때가 참 좋았는데, 왠지 그런 시간은 이제 다시 오지 않을 것 같더라고. 그 피아노 연주를 끝으로 피아노 학원에 나가지 않았어. 공부만 열심히 해야겠다고 결심했지. 피아노를 연주하는 것은 참 좋은데, 나만 혼자 그 피아노 의자에 앉아있는 것이 너무 외롭더라고. 아무도 가지 않는 길을 나 혼자 걸어가는 느낌이었어. 그렇다고 다른 아이들처럼 합창단의 한 파트를 맡아 노래하고 싶지는 않았어. 피아노 의자 위에, 꼭 앉아 있고 싶었어. 아무리 외롭더라도. 하지만 부모님이 예중, 예고에 보내주시지 않을 것을 알고 있었지. 그런데 더 가슴 아픈 것은, 아빠가 나를 예중, 예고에 보내주지 못해서 미안하다고 말씀하신 거야. 아빠는 내 마음을 어렴풋이 이해하고 계셨던 거지. 엄마 아빠가 공부하라고 다그치실 때는 무섭고 두려웠지만, 그렇게 내 마음을 이해해 주실 때는 천군만마를 얻은 듯 기뻤단다. 우리는 서로 사랑했지만 서로에게 완벽한 존재일 수가 없어. 부모와 자식 사이는 항상 그래. 하지만 완벽한 사랑은 없어도, 완벽한 존중은 가능하지. 부모님이 좀 더 자주, "네가 가는 길을 완전히 응원해 주지 못해 미안하다"고 표현해 주셨다면, 그 후로도 오랫동안 잘 지냈을 텐데. 그때 잠깐뿐이었지. 그 후로 오랫동안 내가 가는 길을 반대하셨어. 지금은 내 나이가 너무 많아서 어쩔 수 없이 이해해 주시지만, 하하!

조이 루나, 넌 너무 많은 것들을 이해하려고 해. 너를 응원하지 않은 어른들을 너무 세세하게 다 이해하려고 하지 않아도 괜찮아. 가끔은 원망해도 괜찮아. 직접 표현만 안 하면 괜찮아. 그냥 혼자서 원망하는 것은 괜찮아. 너 자신을 할퀴는 것보다는, 널 상처 준 사람들을 속으로나마 원망하는 것이 나아.

루나 응, 그런데 지금은 정말 괜찮아. 넌 아직 이해 못하는 것이 있어. 나에게 상처주었던 어른들도 한때는 너처럼 어린아이였어. 한때는 그 모든 닳고 닳은 어른들조차도, 조이나 어린 왕자처럼 아주 순수하고 해맑은 어린이였던 때가 있었어. 그런데 우리 부모 세대들은 자신의 내면아이를 보살필 시간과 여유가 없었어. 성인이 되자마자 곧바로 취직하고, 취직한 지 얼마 안 되어 결혼하고, 아이 낳고, 그것도 둘이나 셋 이상 낳고, 그러면서 어린이로 지낼 시간, 청소년으로 지낼 시간, 사회초년생으로 지낼 시간이 너무 짧았지. 사회는 무시무시한 속도로 변해가고, 개인이 그 속도를 따라잡기에는 버거운 시절이었어.

이제야 내 나이쯤 되는 어른들은 그래도 내면아이를 보살필 시간이 조금이나마 생긴 거야. 그 생각을 하니까, 나에게 가혹하게 대했던 어른들의 무서운 얼굴이 실은 권위주의 때문이 아니라 자신들의 두려움 때문에 일그러져 있었다는 것을 알게 되었어. 그들은 나에게 권위를 과시하고 싶었다기보다는, 자신들도 뭘 어떻게 해야 할지 모르기 때문에 일단 화부터 내고, 공부하라고 윽박지르고, 공부밖에는 살길이 없는 것처럼 우리를 내몰았던 거야. 다행히 지금 우리 시대의 어른들은 그렇게 아이들을 공부만 하라고 내몰지는 않아. 물론 여전히 그런 부모들도 있지만. 많은 어른이 '우리보다는 더 나은 삶'을 아이들에게 물려주기 위해 애쓰고 있어.

끝없이 성장하는 어른이 되는 것이 요즘 우리 세대의 목표야. 그냥 재미없는 기성세대가 되지 않기 위해서, 꼰대처럼 군림하는 어른이 되지 않기 위해, 끊임없이 배우고, 깨닫고, 더 나은 존재가 되려고 노력해. 그래서 우리는 자기가 틀렸음을 인정하는 용기를 굉장히 중요하게 생각해.

조이 그렇구나. 어른이 된다는 것은 더 멋진 존재가 될 수 있다는 희망이기도 하구나. 어른이 되는 것을 너무 두려워하지 않아도 괜찮은 거구나.

루나 물론이지. 좋은 것도 엄청 많아! 미성년자 관람불가 영화도 마음껏 볼 수 있어! 어느날 훌쩍 비행기 타고 다른 나라에 혼자 날아가버릴 수도 있어. 누구의 허락도 받지 않고!

조이 하하! 그건 좀 부럽네! 알았어. 어른이 되는 것을 너무 무서워하지 않기로 했어. 난 어린 왕자처럼 영원히 어린이로 남고 싶지는 않아. 난 네 안에서 성장하고, 너를 뛰어넘고, 지금의 너보다 더 좋은 어른이 되고 싶어.

루나 그래, 너와 내가 함께 노력해야 우리는 더 나은 어른이 될 수 있단다. 그러니 내가 틀렸을 때 꼭 지적해 줘. 다른 사람들이 지적하면 상처부터 받겠지만, 네가 틀렸다고 하면 난 금세 고칠 수 있을 것 같아.

조이 다른 사람이 틀렸다고 할 때도, 너무 상처받지 마. 그중에 좋은 말도 많아.

루나 그래, 역시 조이는 똑똑해!

조이 왜 어른들은 정보와 지식은 우리보다 훨씬 많이 알면서도, 삶에서 가장 소중한 것들은 자꾸 잊는 걸까?

루나 그래서 자기 안의 내면아이와 자주 대화를 나눠야 하는 거야. 조이 너와 나처럼! 내면아이를 불러내 대화하지 않으면, 자꾸만 어른들의 눈높이에서만 바라보게 되고, 어린 시절의 결핍과 잠재력을 잊어버리게 되거든!

조이 루나, 더 자주 나에게 와줘. 난 네가 필요해. 아직 알고 싶은 것이 너무 많아.

루나 그래, 조이. 날 반갑게 맞아줘서 고마워. 언제든, 밤늦게나 새벽에도, 마음껏 찾아갈 수 있는 새로운 친구가 생긴 기분이야. 내 모든 것을 설명하지 않아도, 그냥 나를 완전히 알아주는 친구가 생긴 느낌이 참 좋구나.

어린 왕자의 말

Ⅰ

여섯 살 때 나는《진짜로 겪은 이야기》라는 책에서 멋진 그림을 발견했다. 밀림을 그린 그 책 속에는, 맹수를 한입에 집어삼키는 보아뱀의 그림이 있었던 것이다. 위의 그림은 내가 그 그림을 옮겨본 것이다.

그 책에는 이런 말이 나왔다. "보아뱀은 먹이를 씹지도 않고 통째로 꿀꺽 삼킨다. 그런 다음 꿈쩍도 하지 않은 채 여섯 달 동안 잠만 자면서 먹이를 느릿느릿 소화시킨다."

그래서 나는 밀림 속 모험은 과연 어떤 것일까 상상해 보곤 했다. 그리고 나도 태어나 처음으로 그림을 그려보았다. 내가 그린 그림 제1호는 바로 이런 모습이었다.

나는 이 걸작을 어른들에게 보여주면서 이 그림이 무섭지 않냐고 물어보았다. 어른들은 대답했다.

"모자가 뭐가 무섭다는 거냐?"

내가 그린 것은 모자가 아니었다. 그것은 코끼리를 꿀꺽 삼키고 천천히 소화를 시키는 보아뱀이었다. 그래서 나는 어른들이 잘 알아볼 수 있도록 보아뱀의 뱃속 상태를 그려주었다. 어른들에게는 언제나 자세히 설명을 해야 한다. 나의 그림 제2호는 이런 것이었다.

어른들은 내게 속이 보이든 안 보이든 보아뱀 그림 따윈 집어치우고 차라리 지리, 산수, 문법이나 열심히 공부하라고 충고했다. 그리하여 나는 여섯 살 때 화가의 꿈을 접었다. 내 그림 제1호와 제2호가 인정받지 못했기에 크게 실망하고 말았던 것이다. 어른들은 항상 혼자서는 아무것도 이해하지 못한다. 그래서 아이들은 어른들에게 매번 반복해서 설명을 해야 하니, 참으로 피곤한 일이다.

나는 다른 직업을 선택할 수밖에 없었고, 결국 비행기 조종사가 된 것이다. 나는 안 다녀본 곳이 거의 없을 정도로 전 세계 방방곡곡을 날아다녔다. 사실 지리 공부만은 많은 도움이 되었다. 한 번 쓱 보기만 해도 중국과 애리조나를 척척 구별할 수 있었으니까. 지리 공부는 한밤중에 길을 잃었을 때 매우 요긴하다. 그리하여 나는 지금까지 살아오면서 수많은 멋진 사람들을 만날 수 있게 되었다.

(…) 어른 중에서 꽤 똑똑해 보이는 사람을 만나면 나는 늘 지니고 다니던 내 그림 제1호로 시험을 해보았다. 진짜 이 사람이 뭔가를 제대로 이해할 줄 아는 사람인지 궁금했다. 그러나 그 사람도 어김없이 "이건 모자로구나!" 하고 대답하는 것이었다. 그럴 때면 나는 보아뱀이니 밀림이니 별이니 하는 이

야기는 아예 꺼내지도 않았다. 나는 남들이 이해할 수 있는 이야기만 골라 하게 되었다.

Question

주인공은 왜 어린 시절 화가의 꿈을 접었을까요? 여러분은 어린 시절 어떤 꿈을 꾸었나요? 그 꿈을 접었다면, 이유는 무엇이었는지 적어볼까요. 어린 시절 잃어버린 꿈을 다시 찾을 수 있다면, 무엇을 다시 시작하고 싶은지 적어봅시다.

어른들은 주인공에게 '이해할 수 없는 그림'은 집어치우고, 학교 공부를 열심히 하라고 충고합니다. 만약 어른들이 주인공의 보아뱀 그림을 알아봐 주었다면, 그는 훌륭한 화가가 될 수도 있지 않을까요? 적어도 그림 그리기를 싫어하거나 두려워하지 않는, 그 자체를 사랑하는 사람이 되지 않았을까요? 우리는 어떤 꿈을 잊고 사는 걸까요? 타인의 시선 때문에 꿈을 접은 기억이 있는지, 있다면 어떤 시선 때문에 어떤 꿈을 접고 살아왔는지, 함께 이야기를 나눠보면 어떨까요.

Chapter 7

잊을 수 없는 폭력의 기억

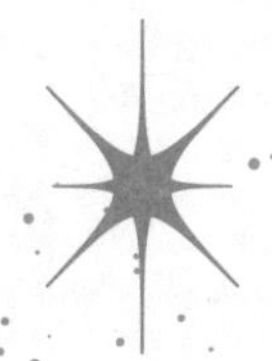

너무 아픈 기억이라도 끝내 대면하기

조이 이 이야기는 많이 아플 거야.

어느 날 조이는 이미 많이 울어서 퉁퉁 부은 얼굴로 루나를 찾아왔다.

루나 조이, 왜 그래? 누가 널 울린 거야?

조이 네가 자꾸만 숨기려고 하는 내 모습이 아직 많이 남아 있어. 물론 숨기고 싶어하는 네 마음도 알 것 같아. 하지만 자꾸 숨기면, 너마저 나를 숨기면, 나는 갈 데가 없어.

루나 무슨 소리야, 난 널 숨기고 싶지 않아. 날 이해하는 사람에게만 널 보여주고 싶긴 하지만. 숨기고 싶은 것은 아니야.

조이 그래도 부끄러울 걸, 이날은?

루나 어떤 날? 그 많은 날 중에서 어떤 날?

조이 많이 아픈 이야기니까, 각오해.

루나 알았어, 네 퉁퉁 부은 눈 보고 벌써 각오했어.

조이 열한 살 때. 네가 학교에서 왕따 당했을 때. 넌 그 이야기를 사람들에게 다 털어놓지 않았어. 철저히 숨기던 옛날보다는 그래도 많이 털어놓았지만, 너는 완전히 너의 상처를 드러내지는 않았어.

루나 아, 역시 그거였구나. 네가 펑펑 운 걸 보고, 그날 때문이 아닐까, 역시 그날이구나, 조금은 짐작했어, 조이. 미안하구나. 네가 아직도 그 시절의 상처 때문에 울고 있는지는 몰랐어. 난 이제는 정말로 괜찮아졌다고 믿고 있었거든. 사실은 하루가 아니었잖아. 초등학교 4학년 거의 1년 동안, 너는 왕따를 당했지.

조이 그 하루에서 시작되었지. 그 하루를 꺼내면 너의 열한 살 전체가 먹구름으로 가득하게 되니까. 넌 그 하루를 꺼내보기가 그토록 두려웠던 거야.

루나 그래, 맞아. 하지만 그 하루를 묘사하는 글을 언젠가 쓰고 나서, 조금은 자유로워졌어. 과학실험이 있던 날이었지. 《나를 돌보지 않는 나에게》라는 책을 쓰면서 그 일은 많이 정리된 줄 알았어. 그런데 트라우마란 참 신비롭도록 강력해서, 내가 이제는 진짜 괜찮아졌다고 믿게 되고 나서도, 그렇게 가슴을 쓸어내린 지 한참 지나서도, 갑자기 번개처럼 찌릿하고 온몸을 관통하는 충격으로 다시 돌아오곤 해. 방금도 그랬어. 조이 네가 퉁퉁 부은 눈으로 나를 바라보는 순간, 바로 그날의 트라우마가 되살아났어.

조이 다시 한 번 이야기해 봐. 난 그날 도대체 왜 그렇게 슬펐던 거야?

루나 과학실습실이었어. 비커와 시험관이 가득한 실험실이었지. 그 전의 기억은 잘 나지 않는데, 이미 담임 선생님이 나를 싫어하고 있다는 것을 알고 있기는 했어. 담임 선생님이 날 싫어한다는 건 세상이 무너지는 것 같은 공포였지. 도대체 왜 나는 선생님의 눈 밖에 난 것일까. 나중에 알게 된 것이지만, 선생님이 우리 엄마에게 촌지를 요구했대. 그런데 엄마가 학교에 못 갔대. 그 일 이후로 내가 미움을 받은 것 같다고, 엄마가 나중에 내가 어른이 되고 나서 이야기해 주었지. 차라리 몰랐으면 좋았겠더라. 그 시절엔 어떻게 교사가 학부모에게 당당히 촌지를 요구할 수 있었지? 엄마는 잔뜩 겁을 먹었대. 내 자식에게 피해가 갈까 봐. 그때 우리 막내가 너무 어렸거든. 엄마는 그 세 살배기 아이를 혼자 내버려두고 학교에 갈 수는 없었어. 그리고 엄마가 촌지를 주지 않은 것은 참 잘했다고 생각해. 그 당시에는 정말 파렴치하게도 학부모에게 적극적으로 촌지를 요구하는 선생님들이 있었대. 참 기막히지. 그런데 그런 영문을 전혀 모르던 내가, '촌지'라는 단어도 몰랐던 내가, 선생님 눈치를 보느라 겁을 먹은 나머지 비커를 깨버린 거야. 그날의 그 공포를 기억해. 선생님이 나를 예의주시하는 것이 느껴졌거든. 50명이 넘는 아이 중에, 선생님이 유독 나를 노려보는 것이 느껴졌어. 그러니 더 떨리더라고. 내가 이 비커를 깰 것 같다는 두려움이 엄습했고, 정말 무슨 예언이 이루어지기라도 하는 것처럼, 비커가 와장창 깨져버렸지.

조이 이제 기억 나. 두려움 때문에 기억들이 마구 엉망진창으로 뒤죽박죽이었는데, 네가 조리 있게 설명해 주니까 생생하게 기억이 나, 루나.

루나 그래, 비커가 깨진 순간, 선생님의 그 차가운 눈빛을 영원히 잊을 수 없지. 선생님의 이름도, 선생님의 얼굴도, 선생님의 목소리도 정확히 기억나. 사람을 그 자리에서 완전히 얼어붙게 하는 맹렬한 차가움을 간직한 목소리로, 선생님은 나에게 말했지. "또 너니?" 난 이해할 수가 없었어. 내가 무얼 잘못했는지도 모르는 애한테, 왜 '또 너니'라고 말했는지. 게다가 비커가 깨졌는데, 열한 살짜리 아이인데, 나라면 묻지도 따지지도 않고 다가가서 괜찮냐고, 다치지 않았냐고, 그것부터 물어볼 것 같거든. 그런데 쉰 살이 넘은 어른이 열한 살짜리 아이를 그렇게 찍어놓고 미워한다는 것이 지금도 잘 이해가 안 돼. 아무리 촌지에 목마른 닳고 닳은 사람일지라도 말이야. 그렇게까지 할 필요가 있었을까.

조이 루나, 너도 완전히 이해하지는 못했구나. 어른이 되어도 다 이해되지 않는 것이 있는 거구나. 어쩐지 마음이 놓여. 어른이 되면 다 이해할 수 있게 되는 줄 알았어.

루나 응, 아무리 모든 정보를 종합해서 생각해 봐도, 쉰 살이 넘은 어른이 어린아이를 그토록 격렬하게 미워할 수 있다는 것이 잘 이해되지는 않아. 그리고 사람은 자기 마음을 비춰서 타인을 바라보게 마련이거든. 자기가 할 수 없는 일을 타인이 했을 때, 아무리 노력해도 이해하기 어려운 측면이 있지.

조이 그래서 너무 착한 사람들은 사악한 사람들을 이해 못 하는 거구나? 사악한 사람들은 착한 사람들을 이해 못 하고, 자기처럼 나쁘고 고약한 구석이 있을 거라고 생각하고?

루나 맞아, 사람들은 자기 마음에 비춰서 타인을 바라보는 습관을 버리기가 너무 어렵기 때문에, 타인을 이해하는 데는 엄청난 노력이 필요한 거야.

조이 알았어, 루나. 그런데 다시 운명의 그날로 돌아가야 해. 난 궁금한 게 아직 많거든. 그래서 넌 울었지? 비커를 깨고, 선생님이 널 노려보고, 또 너니, 라고 윽박지르고, 그런 다음, 너는 울었니?

루나 너무 커다란 충격을 받았는지, 그 다음이 잘 생각나지 않아. 아이들이 아무도 도와주지 않았던 것만 기억나. 그런 게 '왕따'라는 것을 어른이 되어서야 알게 되었어. 어른이, 그것도 반 전체를 하루 종일 책임지는 담임 선생님이 한 아이를 찍어놓고 미워하니까, 아이들도 겁이 났던 것 같아. 자기도 도와주면 선생님에게 미움받을까 봐. 지금은 이렇게 이해하려고 노력을 하는데, 그때는 아무도 도와주지 않는 것이 너무 무서웠어. 엄마한테 말할 수도 없었어. 엄마는 내 성적이 떨어져서 너무 화가 나 계셨으니까. 부모님도 무섭고, 선생님도 무섭고, 친구도 없고, 아무에게도 말할 수가 없었어. 학교에만 가면 차별받고, 미움받고, 냉대받는다는 것을, 아무에게도 이야기할 수 없었어. 왕따 당했다는 것만큼이나 무서운 것은, 그 아픔을 말할 곳이 아무 데도 없었다는 거야.

조이 그런데 왕따는 그날로 그친 것이 아니었지?

루나 응, 그치지 않았지.

조이 담임 선생님이 내 등짝을 때린 기억이 나, 루나.

루나 너도 이제 모든 것이 기억나는구나. 우리 둘이 힘을 합치니까 잃어버린 기억의 퍼즐들이 맞춰지는 느낌이다. 넌 계속 물어보고, 난 어떻게든 기억해내려 하고, 넌 질문을 멈추지 않고, 나는 계속 네 질문에 대답하려고 하다 보니까, 잃어버린 기억의 퍼즐이 착착 맞춰지는 느낌이야. 선생님은 나를 여러 번 때렸어. 모든 아이가 보는 앞에서. 심지어 전교생이 보고있는 운동장에서도 때렸지. 얼마나 부끄러웠는지, 아픔조차 잊을 정도였어. 그땐 지금과 달리 아이들이 정말 많았잖아. 한 학급에 60명 가까이 되는 아이들이 있었고, 한 학년에 10반이 넘게 있었고, 전교생이 운동장에 다 모이면 천 명이 훨씬 넘었지. 교실이 모자라서 2부제 수업도 했을 때니까. 그래서 더 창피했어.

조이 왜 맞았던 거야? 아니 어떻게 열한 살짜리 애를, 그렇게 거침없이 때릴 수가 있어?

루나 그래, 왜 맞았는지는 아직도 잘 몰라. 그런데 역시 내가 겁을 먹어서 행동이 굼떴던 기억은 나. 내 동작이 어설펐지. 나는 지금도 운동회 때 쓰는 그 작은 북 있지, 소고小鼓를 보면 가슴이 움츠러들어. 민속무용에서도 소고를 쓰는데, 그 소고만 보면 트라우마가 되살아나거든. 운동회 연습 때였어. 선생님이 나를 노려보는 것 같아서 또 얼어붙은 거야. 그래서 내 동작이 틀렸어. 그런데 운동장 저 끄트머리에 서 있던 선생님이, 50대의 나이가 무색하게 엄청나게 빠른 속도로 달려와서는, 내

등짝을 아프게 후려갈기더라고. 그런 일이 몇 번 더 있었어. 노려보고, 때리고, 다른 아이들 앞에서 창피 주고. 담임 선생님이 그렇게 하니까, 다른 아이들도 나를 무시했지. 4학년 때는 친구가 한 명도 기억나지 않아.

난 사람 얼굴을 굉장히 잘 기억했는데, 4학년 때 같은 반 아이들 얼굴은 거의 기억이 안 나. 그냥 학교 가는 것이 너무 두려웠거든. 짝꿍이라도 기억이 나야 할 것 같은데, 정말 기억이 안 나. 이럴 때 망각은 참 다행스러운 능력 같아. 선생님 얼굴만은 또렷이 기억이 나는데, 같은 반 아이들 얼굴은 기억이 잘 안 나서 조금은 다행이야. 그 아이들을 미워하지 않을 수 있어서. 아이들도 겁을 먹지 않았을까. 하늘 같은 담임 선생님이 그토록 미워하는 나를, 어떻게 편들어 주고, 안쓰러워해줄 수 있었겠어. 조그맣고 힘없는 아이들인데. 하지만 그때의 두려움은 이거였어. 만약 평생 친구가 없다면? 만약 평생 아무도 날 사랑해 주지 않는다면? 엄마 아빠도 무섭고, 선생님은 더 무섭고, 친구는 한 명도 없는데, 이런 상황이 평생 지속된다면? 난 과연 살아남을 수 있을까? 살아남을 가치가 있긴 한 걸까? 어린 마음에도 그런 생각을 했어. 살아남을 가치가 없다고.

조이 루나, 이리 와. 어서 내 품에 안겨.

조이는 두 팔을 활짝 벌리며 루나를 바라본다. 눈물이 그렁그렁한 눈으로. 이제야 왜 자신이 그토록 슬펐는지 알겠다는 표정으로. 루나는 조이를 힘차게 끌어안는다. 우리는 그렇게 서로의 상처를 어루만지기 시작했다.

루나 그래서 너는 학교폭력 뉴스만 보면 그렇게 힘들어하는 거였구나. 그런 뉴스만 보면 너는 지금도 밥을 먹지 못하잖아.

조이는 그 조그마한 고사리손으로 루나의 등을 토닥토닥 두드려 주며 말한다.

루나 응, 지금은 나보다 더 힘든 아이들이 많아. 왕따의 폭력도 아주 무시무시하게 진화해 버렸으니까. 그전에는 상상도 하기 힘들었던 방식으로, 아이들은 여럿이 무리 지어서 힘없는 한 아이를 괴롭혀. '그 아이가 왜 왕따를 당하는가'는 올바른 질문이 아니야. '왜'는 중요하지 않아. 그 질문이 오히려 왕따 당하는 아이를 더 괴롭히는 거야. 대부분 우연히, 어떤 알 수 없는 계기로 무시를 당하기 시작하고, 누군가 약점을 파고들기 시작하고, 놀리고 괴롭히기 시작하고, 그러다가 주변에 동조자들이 생겨. 왕따의 동조자들을 사로잡는 핵심 감정도 공포야. 힘센 아이의 목소리에 동조하지 않으면 나도 저렇게 왕따를 당할까 봐 두려운 거지. 그래서 똑같은 짓을 하게 돼. 하지만 멈출 수 있는 용기, 사과할 수 있는 용기, 다르게 살 수 있는 용기만이 이 상황을 바꿀 수 있어. 왕따 당하는 아이는 반드시 부모님께 어떻게든 말씀을 드려서 자신을 응원해 주는 어른을 만나야 해. 어른들도 그냥 피해당하는 아이를 전학시켜서는 안 돼. 가해자인 아이들을, 아무리 아이들이더라도, 잘못을 깨우쳐 주어야 해. 그 길이 아무리 힘들더라도, 잘못한 사람들이 깨우쳐야 해. 나는 그렇지 못했기 때문에 수십 년 동안 고통받았어. 지금은 정말 많이 회복했는데도, 여전히 그때 그날들을 떠올리면, 소고를 보면, 비커를 보면, 심장이 갈가리 뜯겨 나가는 기분이야. 심장이 타 들어가는 것 같기도 하고. 아픔이 완전히 끝나지 않았다는 것을, 이제는 받아들이려고 해.

조이 힘든 일을, 이렇게 쉬지 않고 이야기해 줘서 고마워. 이젠 알 것 같아. 조금은 알 것 같아, 루나. 내 잘못이 아니었어! 촌지를 뜯어내려고 하는 선생님이 나빴어. 네가 설령 어떤 잘못을 했다 하더라도, 선생님이 학생을 미워하면 안 되지. 아무리 아이들이라도, 선생님을 따라서 똑같이 널 미워하는 아이들도 너무해! 네가 아무에게도 기댈 곳이 없었다는 것이 너무 가여워. 그래서 내가 그렇게 힘든 거였어. 그래서 내가 아무리 환한 빛으로 내 심장에 든 멍을 비춰도, 그 멍이 낫지 않는 거였어. 내 잘못이 아니었어!

루나 네 잘못이 아니야, 조이. 그런데 인간에게는 '집단'이 되었을 때, '무리'를 짓게 되었을 때, 그 무리의 악에 동조하는 이상한 군중심리가 있어. 나 혼자만 나서서, 아니라고, 그건 잘못되었다고 말할 용기를 갖는다는 것은, 초인적인 힘을 요구해. 하지만 아무리 힘들어도, 맨 처음 나서서, 고통받는 사람의 '친구'가 되어주는 용기는 있어야 해. 나에게는 그런 친구가 없었지만. 그래서 나는 나처럼 고통받는 사람에게 그런 친구가 되어주는 삶을 살고 싶어. 장 자크 상페의 동화《얼굴 빨개지는 아이》를 펑펑 울면서 봤거든. 얼굴이 시도 때도 없이 빨개지는 아이를 사람들은 놀리고, 이상하다고 생각하는데, 한 아이만은 그 아이를 이상하다고 생각하지 않아. 바로 재채기를 하는 아이야. 시도 때도 없이 '에취' 하고 재채기를 하는 아이는, 자신의 남다름 때문에 오랫동안 속앓이를 하고 있었기 때문인지, 너무도 자연스럽게 얼굴 빨개지는 아이에게 먼저 다가와 친구가 되자고 해. 둘은 아무 때나 눈치 없이 자꾸만 터지는 재채기조차도, 아무렇게나 빨개지는 얼굴까지도 사랑하게 되지. 서로의 가장 아픈 부분을 어루만져 주는 것이 진짜 친구가 아닐까. 나도 그런 사람이 되고 싶어. 완벽해서 모든 것을 잘 알고있는 치유자가 아니라, 본인도 상처를 아주 많이 경험해 봐서, 상처받은 사람들의 마음을 남몰래 다 이해하고 있는, 그런 상처 입은 치유자가 되고 싶어.

조이 루나, 넌 망가지지 않았구나. 넌 절대로 망가지지 않았구나! 넌 상처를 딛고 더 좋은 사람이 되기 위해 매일 노력하고 있구나. 얼마나 다행인지. 난 너무 두려웠거든. 내가 아주 차갑고, 타인의 마음 따윈 보살피지 않고, 나의 행복만 생각하는 이기적인 사람이 될까 봐 두려웠어. 너무 많은 미움을 받아서, 어떻게든 미움받지 않기 위해 필사적으로 노력하는 사람이 될까 봐 두려웠어. 그런데 루나 너는 그렇지 않구나. 고통에 굴복하지 않았어. 증오에 무릎 꿇지 않았어. 너는 너를 왕따시킨 사람보다 강해. 너는 너를 괴롭히고, 때리고, 조롱하고, 욕한 사람들보다 천배 만배 강해. 그러니까 결코 주눅들지 마. 어떤 고통도 널 무너뜨리지 못했으니까. 그 후로도 정말 많은 고통을 겪어왔지만, 넌 무너지지 않았잖아. 넌 너 자신을 더 많이 사랑해도 괜찮아. 넌 너 자신을 더 자주 칭찬해 줘도 괜찮아.

조이는 눈물이 그렁그렁한 눈으로 루나를 초롱초롱하게 바라보았다. 루나는 기쁨으로 가득 차 조이를 바라보았다. 둘은 이제 어린 왕자와 조종사처럼, 세상에서 서로를 가장 잘 이해해 주는 친구가 되었다.

어린 왕자의 말

사막에서 비행기 사고를 당한 지 여드레째 되는 날이었다. 나는 아껴둔 물을 마지막 한 방울까지 마시면서 상인의 이야기를 들었다.

"그랬구나!" 나는 어린 왕자에게 말했다.

"네 추억 이야기는 정말 아름답구나. 하지만 난 아직도 내 비행기를 못 고쳤고 이제는 마실 물도 없어졌으니, 나도 천천히 우물까지 걸어갈 수 있다면 정말 좋겠구나!"

"내 친구 여우는…." 그가 말했다.

"얘야, 지금 여우가 문제가 아니란다."

"왜?"

"난 곧 갈증을 견디지 못하고 죽게 될 거야."

그는 내 말을 알아듣지 못하고 이렇게 대답했다.

"죽는다 해도 친구가 있다는 건 정말 좋은 거야. 난 여우 친구를 가진 게 정말 좋아."

나는 생각했다. '이 아이는 위험을 알아차리지 못하는구나. 배고픔도 모르고 갈증도 못 느끼나 봐. 햇빛만 약간 있으면 되는 걸까.'

그러나 그는 나를 바라보더니 내 생각에 대답하듯 말했다.

"나도 목말라…. 우물을 찾아보자…."

나는 맥이 탁 풀린 몸짓을 해보였다. 이 거대한 사막에서 무작정 물을 찾는 것은 말도 안 되는 소리다. 하지만 우리는 걷기 시작했다.

우리가 몇 시간 동안 말없이 걷고 나니 밤이 찾아왔고 별들이 반짝거리기 시작했다. 심한 갈증 때문에 몸에서 열이 났고 별들은 마치 꿈결처럼 몽롱하게 느껴졌다. 어린 왕자가 한 말들이 기억 속에서 춤을 추고 있었다.

"너도 목이 마르니?" 내가 물었다.

그는 내 질문에 대답하지 않았다.

"물은 가슴에 좋을 수도 있어"라고 대답할 뿐이었다.

나는 그의 대답을 알아듣지 못했다. 그러나 나는 아무 말도 하지 않았다. 그에게 무얼 물어봐서는 안 된다는 것을 이제 나는 알고 있었다.

그도 피곤했다. 그가 주저앉았다. 나도 그의 곁에 주저앉았다. 잠시 후에 그가 또 말했다.

"별들이 아름다운 이유는 보이지 않는 꽃 한 송이를 숨기고 있기 때문이야."

나는 "물론이지"라고 대답한 뒤에 아무 말 없이 달빛에 비쳐 주름진 모래언덕을 바라보았다.

"사막은 참 아름답지." 어린 왕자가 말했다.

그리고 그것은 정말 사실이었다. 나도 옛날부터 사막을 좋아했다. 모래언덕에 앉아 있으면 아무것도 보이지 않고 아무 소리도 들리지 않는다. 그러나 그 침묵 속에서 무언가가 조용히 빛난다….

"사막이 아름다운 건 어딘가에 우물을 숨기고 있기 때문이야." 어린 왕자가 말했다.

나는 갑자기 모래의 그 신비로운 번쩍거림을 이해하게 되었다. 내가 어린아이였을 때, 나는 오래된 집에서 살고 있었다. 전설에 따르면 거기에는 보물이 숨겨져 있다는 것이었다. 물론 그 누구도 그것을 발견해 내지 못했다. 어쩌면 찾아보지

도 않았을 것이다. 그러나 그것 때문에 그 집은 마치 마법에 걸린 느낌이었다. 내 집은 가슴 깊숙한 곳에 하나의 비밀을 숨기고 있던 것이다….

"그래." 나는 어린 왕자에게 말했다. "집이건 별이건 사막이건, 그것들을 아름답게 하는 것은 눈에 보이지 않는 것들이야."

"아저씨가 나의 여우와 같은 생각을 가진 사람이라서 좋아." 어린 왕자가 말했다.

어린 왕자가 잠이 들었으므로 나는 그를 품에 안고 길을 걸었다. 가슴이 뭉클했다. 나는 연약한 보물을 안고 걸어가는 것 같았다. 지구상에 그보다 연약한 존재는 없을 것 같았다. 나는 그 창백한 이마와 감긴 눈, 바람에 휘날리는 머리카락을 달빛에 비춰보며 생각했다. '내가 여기 보고있는 것은 껍질일 뿐이야. 가장 중요한 건 보이지 않는 거야.'

그의 반쯤 벌어진 입이 빙그레 미소를 띠었기에 나는 또 생각했다. '이 잠든 어린 왕자가 진정으로 나를 감동시킨 것은, 꽃에 대한 그의 진심 때문이야. 장미꽃의 영상이 그가 잠자고 있을 때도 램프의 불꽃처럼 그의 내부에서 빛을 내고 있는 거야…' 그러자 그가 더욱 연약해 보였다. '램프를 잘 보호해야지. 바람이 불어 램프가 깨지면 안 되잖아.' 이렇게 걷고 또 걸어 동이 틀 무렵 나는 마침내 우물을 발견했다.

Question

비행사는 잠든 어린 왕자의 미소 속에서 세상 하나뿐인 우정의 빛을 발견합니다. 이렇듯 간절하게, 나를 이해해 줄 단 한 사람을 원한 적이 있나요? 그때 그토록 외로웠던 나에게 지금의 내가 친구가 되어, 하고 싶은 말을 마음껏 적어보세요.

이 장면은 정말 눈부시게 아름답지요. 비행사와 어린 왕자가 마침내 서로를 길들여서, 이제 서로에게 꼭 필요한 존재가 되는 장면이기도 합니다. 밤하늘의 별 어딘가에 어린 왕자가 길들인 꽃이 있다는 것을 알고 나니, 별이 더욱 아름답게 느껴집니다. 오아시스가 숨어있기에 사막이 더 아름다운 것처럼. 눈에 보이지 않는 것들 때문에 세상은 더 아름다워 보입니다. 잠든 어린 왕자의 미소 속에서 비행사는 '눈에 보이지 않는 사랑'을 발견합니다. 장미에 대한 진심 어린 사랑을요. 비행사는 어린 왕자의 잠든 얼굴 속에서 숨길 수 없는 사랑의 얼굴을 발견한 것이 아닐까요.

당신을 아직도 잠 못 이루게 하는 아픈 기억이 있나요? 그 기억이 당신의 어떤 가능성을 붙잡고 있는 것일까요? 당신의 핵심 트라우마를 기억하는지요? **당신의 삶에서 가장 아팠던 기억들, 그중에서도 유독 더 아픈 기억이 있다면, 그것이 당신의 핵심 트라우마입니다.** 그 트라우마를 아무도 볼 수 없는 곳에 적어두세요. 기록하다가 눈물이 나거나 너무 힘들면, 잠시 멈추어도 됩니다. 그리고 기운을 다시 차리면 다시 기록해 보세요. 핵심 트라우마를 다 적고 나서, 그 기록을 일주일에 한 번씩 열어보세요. 그리고 그 핵심 트라우마 중에서 '내가 이렇게 했다면 좋았을 텐데'라는 생각이 드는 부분들을 적어보세요. 두꺼운 노트가 필요할지도 모릅니다. 넉넉하게 나의 생각을 적어둘 수 있는 노트를 마련하고, 되도록 종이와 펜으로 내 손을 움직여 트라우마를 기록하고, 그 상처를 지금의 나라면 어떻게 극복하고 싶은지, 6개월 동안 매주 써보세요. 그리고 1년 후, 2년 후에도 써보세요. **그렇게 우리는 핵심 트라우마와 대면하고, 조금씩 친밀해지고, 그리하여 마침내 트라우마를 간직한 채로도 앞으로 조금씩 나아가고 있는 나 자신과 만날 수 있습니다.**

Chapter 8

내 몸은 왜
내 것이 아니었을까

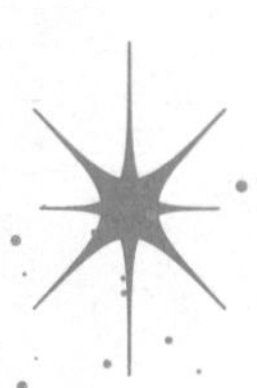

내 몸은 어떤 사슬에 묶여있는가

루나 조이, 아주 오랜 시간이 지나서야 분노의 정체가 이해되는 것이 있어.

이번에는 루나가 조이에게 먼저 말을 걸었다.

조이 어른이 되면, 이해할 수는 있어? 어린 시절에 이해되지 않았던 분노가?

루나 이해는 되지, 용서가 안 될 뿐이지.

조이 루나, 그 수염 난 아저씨 사건! 그거 말이지?

루나 응, 그거 말고도 많아. 그런데 내 기억 속에 이해되지 않는 첫 번째 분노는 그 사건이야.

조이 루나, 정말 기억하기 싫지만, 아무도 왜 그런지 설명을 해주지 않았어. 여섯 살에 어떻게 알았겠어. 남자어른이 어린 여자아이를 바라보는 그 시선의 의미를. 그 사람은 왜 내 몸을 자기 마음대로 만지고, 내가 싫다는데 입을 맞추었을까.

루나 자기 이기심을 충족시킨 거지. 그땐 몰랐어. 어른들은 그 아저씨 편을 들었거든. 심지어 부모님조차도. 그 아저씨가 그런 나쁜 의도로 나를 만지는 것이라고 생각하지 않았던 거야. 차라리 더 크게 울 걸 그랬어. 미친 듯이 절규하면, 내 몸을 안 만졌을 텐데. 그렇게 하면 유난스러운 애라고 더 혼날까 봐, 울음이 터져 나와도 참았어.

아저씨는 평소에는 무지하게 친한 척하고, 친절하게 굴다가, 갑자기 뽀뽀를 하면서, 거친 수염을 비비는데, 볼이 너무 아프고, 따갑고, 무엇보다도 불결하게 느껴졌어. 그런데 아저씨가 싫다고 이야기를 하면 어른들이 날 야단쳤어. 네가 예뻐서 그런 거다, 네가 귀여워서 그런 거다, 다 널 너무 좋아해서 그런 거다, 이렇게 나를 설득했어. 난 전혀 납득이 안 되는데, 어른들이 마치 내 잘못인 것처럼 이야기하니까, 어린 나는 더 이상 저항

할 수가 없었어.

조이 루나, 그런데 왜 아저씨라고 해? 사실은 먼 친척이고, 여하튼 혈연관계가 있잖아.

루나 그럼 그런 나쁜 사람을 육촌이고 팔촌이라고 해야겠니. 그냥 악당이라고 하고 싶은 걸 참았어.

조이 루나, 아직도 화가 많이 났구나. 난 사실 그때는 몰랐어. 너무 기분이 나빴는데, 울음이 터져 나왔는데, 어른들한테 혼날까 봐 울지도 못했어. 그게 분노인 걸 몰랐어. 그냥 이상하게 기분이 나쁘고, 참을 수 없이 수치스러웠어. 그땐 수치라는 단어도 몰랐지. 그냥 부끄러움이랑은 달랐어. 내 몸이 그 아저씨 때문에 더러워지는 것 같아서 화가 났어.

루나 조이, 정말 그래. 그 참기 어려운 감정의 정체가 분노였는데, 온 세상을 향한 분노였는데, 그땐 몰랐던 거야. 여자아이가 싫다고 할 때, 무섭다고 할 때, 어른들이 진지하게 들어주지 않는 것이 문제였던 거야.

조이 왜 어른들은 우리 어린아이들의 말을 진지하게 들어주지 않아? 우린 정말 아파서 소리치는 건데. 정말 슬퍼서 우는 건데. 왜 애들은 맨날 운다고 하고. 애들은 다

싸우면서 큰다고 하고, 애들은 뭘 몰라서 그런다고 하고. 우린 다 아는데. 어른들의 언어로 설명할 수 없을 뿐인데. 사랑해서 때리는 것도 아니잖아. 사랑해서 만지는 것도 아니잖아. 그냥 자기들 마음대로 우리를 소유하려는 거잖아.

루나 맞아, 조이. 그땐 소유욕이라는 것이 얼마나 무서운 건지 몰라서 그걸 향해 분노를 느낄 수도 없었던 거야. 그런데 그 정체가 무엇인지 알고 나면 그것에 저항하는 방법도 알게 된단다. 그건 성폭력이었어. 때리진 않았지만 내 영혼을 파괴시켰지. 마음대로 만지고 입을 맞추고 더듬으면서, 내 몸에 대한 수치심을 안겨주었으니까. 난 겨우 여섯 살이었는데. 안타깝게도 생각보다 많은 아이가 아주 어렸을 때부터 그런 원치 않는 성적 접촉을 당해. 아주 일방적으로 당하는데, 어른들이 진지하게 그 아픔을 들어주지 않아. 사실 '아이스케키'도 정말 나쁜 거야. 화장실에 갔는데 억지로 화장실 문을 여는 남자아이도 있었어. 얼마나 수치스러웠는지. 왜 그렇게 여자아이의 몸을 보려고 하는 거지? 왜 우리는 우리 몸의 주인조차 될 수가 없었던 거야?

이렇게 질문을 던지는 것만으로도 우리는 조금씩 해방되기 시작해. 뭐가 문제였는지를 깨닫게 되는 것만으로도 해방은 시작될 수 있어. 우린 화를 내야 했어. 소리쳐야 했어. 제발 나를 만지지 말라고. 내 몸을 가지려고 하지 말라고. 우린 남자어른의 장난감이 아니라고. 그런 말이 생각나지 않는다면, 마음껏 소리치며 울기라도 해야 했어. 소리조차 못 치게 하다니. 울지도 못하게 하다니. 그것밖에는 무기가 없는 사람한테, 그것마저 빼앗아 가다니.

조이 루나, 이제야 알겠어. 내가 싫다고 하는데도 자꾸만 나를 껴안으려 하고, 나를 졸졸 따라다니며 괴롭히던 남자아이들. 그 남자애들은 날 좋아한 게 아니라 날 모욕한 거야. 내가 내 몸의 주인이 아니라는 생각을 주변에서 강요한다는 느낌. 그걸 아무도 말리지 않는다는 것이 너무 싫었어.

루나 맞아, 장난이 아닌 걸 장난으로 치부하는 어른들 때문에 어린아이들은 심각하게 상처를 입는데도, 그 아픔을 말할 곳이 없어. 아주 오랜 시간이 지나서야, 성인이 된 내가 내 안에 아직 치유되지 않은 내면아이의 슬픔과 분노를 깨닫게 되더라고. 얼마 전에 윤가은 감독이 《씨네21》에 쓴 〈그 사랑은 기적이다〉라는 글을 읽었는데, 어린 시절 서예학원을 너무 좋아해서 정말 열심히 다니면서 붓글씨를 또박또박 쓰는 그 시간이 그렇게 행복했대. 붓글씨에 재능이 있어서 칭찬도 많이 받았대. 그런데 몸집이 커다란 어떤 남자아이가 어린 자신을 계속 따라다니면서, 네가 좋아, 나랑 사귈래, 이런 식으로 계속 괴롭혀서 결국 너무 두려운 나머지 서예학원을 그만두었다는 고백을 하는 글이었어. 어른들은 분명 그 장면을 봤으면서도 그냥 껄껄 웃으면서 저 애가 널 좋아한다고 맞장구를 쳐버린 거야.

어린 소녀는 자신이 너무도 사랑하는 서예를, 그 남자아이에 대한 두려움 때문에 그만둔 거잖아. 그 글이 너무 가슴 아프더라고. 왜 여자아이들에게는 이런 일이 일어나는지. 주변 어른들은 하하 웃으면서 아무도 말리지 않은 거지. 바로 이게 문제라고. 저 아이가 싫다고 하잖아. 그만하거라. 말할 수도 있잖아. 누구나 자신의 의견을 존중받을 권리가 있어. 이렇게 가르쳐 주는 어른이 있었다면 얼마나 좋았을까. 그런데 어른들은, 심지어 여성들까지도, 심지어 어머니까지도, 그 아이가 널 좋아해서 그래, 네가 혹시 뭘 잘못한 것은 아니니, 옷차림에 문제가 있었던 건 아닌가, 이런 식으로 자꾸만 딸아이의 잘못으로 몰아가잖아. 우리는 우리 몸의 주인이 아니었던 거야. 주인이 되고 싶다는 생각을 하기도 전에, 주인이 아니라는 편견을 강요받은 거야.

이게 문제였어. 이걸 최근에야 깨달았어. 왜 그렇게 남자아이들의 장난이 싫었는지. 그들은 장난이라고 하면 그만이었지만, 우리에게는 너무 쓰라린 고통이고 수치심과 모욕감을 불러일으키는 일이었거든. 주변의 어른들은 아무도 말리지 않았어. 재미있는 구경이라도 난 것처럼. 그래, 아이들은 그렇게 크는 거지, 남자아이들의 기만 잔뜩 살려줬어. 그들은 그 행동이 재미있다고 생각해서, 여자아이들의 스커트를 아무렇게나 들춰보고, 심지어 길거리나 복도에서 바지까지 벗겨 내리고, 여자아이가 울면 그 아이를 놀리고, 그 아이가 무슨 잘못이라도 한 것처럼 괴롭혔어. 남자아이가 일방적으로 여자아이를 따라다니고 괴롭히는데도, '얼레리꼴레리, 얼레리꼴레리'라는 이상한 노래로 여자아이의 자존감을 짓밟았어. 우린 이런 대접을 받으면서 내 몸의 주인이 내가 아니라는 생각을 주입받은 거야.

하지만 이제는 알잖아. 그러니까 그때 속상했고, 짓밟혔고, 부모조차 내 편이 아니라는 생각 때문에 두렵고 아프기만 했던 우리의 내면아이를 꼭 껴안아 줘야 한다고 생각해. 조이, 넌 내 가장 소중한 분신이야. 사막에 불시착한 조종사가 어린 왕자를 소중히 껴안고 마침내 오아시스에 다다른 것처럼, 나는 그 멀고 험난한 길을 거쳐서 비로소 너라는 오아시스를 만나게 된 거야.

조이 루나, 날 바라보기만 하고. 어서 안 껴안아 주고 뭘 해!

조이는 어느새 조용히 눈물을 흘리고 있었다. 루나는 조이를 꼭 안아준다. 왜 진작 너를 껴안아 주지 못했을까. 왜 진작 내 안의 내면아이, 어두운 밤이면 더 슬프게 목소리를 죽여가며 자기 입을 막아가며 울고 있던 내면아이의 외침을 듣지 못했을까. 그 아이는 소리 내어 울고 싶었을 텐데, 왜 그 울음소리마저 틀어막으며 무조건 어른스러운 삶을 고집했을까. 루나는 조이를 꼭 끌어안는다.

루나 조이, 너는 왜 울 때 소리를 안 내는 거야. 소리내어 울어도 돼. 엉엉, 펑펑, 눈물 철철, 그렇게 소리와 눈물과 버둥거림, 네가 할 수 있는 모든 몸부림을 다 끌어모아서, 마음껏 울어도 돼. 제대로 울지 못하는 것도 아이답지 못한 강요된 어른스러움이란다. 나에게 안겨. 마음껏 울어도 돼. 넌 네 몸의 주인이 될 자격이 있었어. 수없이 너를 괴롭히던 남자아이들, 남자어른들의 괴롭힘은 결코 장난이 아니었어. 폭력이었고, 억압이었고, 우리의 영혼을 파괴시키는 악행이었어. 너의 잘못이 아니야. 네가 잘못된 치마를 입어서도 아니고, 잘못된 바지를 입어서도 아니고, 잘못된 행동을 해서도 아니야. 넌 아무 잘못이 없었던 거야. 널 놀리고 괴롭히고 조롱한 사람들이 문제였어. 그 아이들의 장난에 동조하고, 다 함께 깔깔거리고 아무도 말리지 않은 어른들이 정말로 잘못한 거야.

숨죽여 조용히 울던 조이는 이제야 조금씩 소리 내어 울기 시작했다.

조이 난 내가 뭔가 큰 문제라도 있는 아이인 줄 알았어. 얌전하지 못하고 어른들이 시키는 대로 하지 않아서 놀림을 받는 건 줄 알았어. 엄마가 너무 튀는 옷을 입혀서 그런 줄 알았어. 엄마는 그냥 정성껏 엄마가 생각하는 가장 깨끗하고 예쁜 옷을 입힌 거였는데. 난 그때 엄마에게 가서 말해주고 싶어. 이제는 루나 너보다 더 어렸던 그때의 우리 엄마를 향해. 엄마, 저 장난치는 남자아이들을 좀 혼내줘. 내가 귀엽거나 예뻐서 그러는 게 아니야. 모든 아이에게 그래. 아무도 제지하지 않기 때문에, 아무도 말리지 않기 때문에 남자아이들은 여자아이들을 그렇게 괴롭혀도 되는 줄 알아. 엄마, 아빠, 세상 모든 어른들, 제발 저 아이들이 잘못했다고, 이제 그러지 말라고 혼내주세요.

루나 맞아, 조이. 내가 하고 싶었던 게 바로 그거였어. 내가 표현하지 못했던 마음속의 절규가 바로 그거였어. 웃기만 하지 말고, 같이 놀리지 말고, 제발 도와달라고. 도와주지 않을 거면 같이 놀리지만 말아 달라고. 내가 온 힘을 다해 나를 괴롭히는 자들에 맞서 싸울 테니, 나를 비웃지는 말아 달라고.

루나는 조이를 안고 오래오래 등을 토닥여 주었다. 땀에 젖은 머리카락을 매만져 주고, 볼을 타고 흘러내리는 눈물을 손가락으로 천천히 닦아주었다.

루나 우린 이제 무적이 되지 않을까. 뭐가 문제인지 알았으니까. 함께 싸울 수 있는 힘이 생겼으니까. 이제 아무도 우릴 무시하거나, 모욕하거나, 괴롭힐 수 없을 거야. 내 안의 상처입은 내면아이와 내 안의 의젓한 성인자아가 함께 힘을 합쳐서 굳세게 저항하고 있으니까.

루나는 조이에게 속삭이며 환하게 웃었다.

조이 우린 함께 해야만 더 커다란 힘을 발휘하는 거구나. 우린 그렇게 오래 서로 헤어져 있으면 안 되는 거였구나.

조이는 환하게 웃으며 루나의 머리카락을 쓰다듬었다.

어린 왕자의 말

"사람들은 특급열차에 올라 타지만 무얼 찾아가는지 모르고 있어. 그들은 초조한 나머지 제자리걸음만 하고있는 거야." 어린 왕자는 말했다.

이윽고 덧붙였다.

"그렇게 서두를 필요가 없는데…."

우리가 찾아낸 우물은 사하라사막의 우물 같지가 않았다. 사하라사막의 우물은 모래에 뚫린 단순한 구멍일 따름이다. 우리가 찾은 건 마치 마을의 우물 같았다. 하지만 거기엔 마을이 없었으므로 우리는 마치 꿈을 꾸는 것 같았다.

"참 이상한 일이야." 내가 어린 왕자에게 말했다.

"이런 물건이 다 있다니 말이야. 도르래, 물통, 줄까지 있어…."

어린 왕자는 웃으며 줄을 만져보고 도르래도 돌려 보았다.

그러자 바람이 오래 잠들어 있을 때 낡은 풍차가 삐걱거리듯 도르래가 삐걱거렸다.

"아저씨, 들어봐. 우리가 이 우물을 깨우니까 우물이 노래를 하는 거야." 어린 왕자가 말했다.

나는 어린 왕자가 일을 하는 것을 원치 않았다.

"내가 할게. 너무 무거워서 너는 힘들 거야."

천천히 나는 우물의 둘레돌까지 물통을 끌어올렸다. 나는 물통을 둘레돌 위에 똑바로 얹어놓았다. 내 귓속에서는 우물의 노래가 계속 들려왔고, 아직도 출렁거리는 물속에서 태양이 함께 일렁이는 것을 바라보았다.

"난 이 물을 마시고 싶어." 어린 왕자가 말했다. "마시게 해줘…."

그제야 나는 그가 뭘 찾았는지를 깨달았다.

나는 그의 입술까지 물통을 들어 올려 주었다. 그는 눈을 감고 물을 마셨다. 축제처럼 달콤한 장면이었다. 그 물은 음식 이상의 것이었다. 그때 그 물은 별을 바라보며 어린 왕자와 사막을 걷던 시간, 도르래의 노래, 내 팔뚝의 노동에서 생겨난 것이었다. 그것은 크리스마스 선물처럼 내 마음을 기쁘게 했다. 내 어린 시절에도 이처럼 크리스마스 트리의 불빛, 자정 미사의 노랫소리, 상냥한 미소가 크리스마스 선물을 더욱 빛나게 해주었다.

"아저씨네 별 사람들은 정원 하나에 오천 송이나 되는 장미꽃을 가꾸지만 자기들이 찾는 걸 거기서 얻어내지 못해." 어린 왕자가 말했다.

"네 말이 맞아." 내가 대답했다.

"하지만 그들이 찾고 있는 것은 장미꽃 한 송이에도 물 한 모금에서도 찾을 수 있는 건데…"

"물론이지." 내가 대답했다. 그러자 어린 왕자가 말했다.

"하지만 눈으로는 찾지 못해. 가슴으로 찾아야 해."

Question

어린 왕자가 "눈으로는 찾지 못해. 가슴으로 찾아야 해"라고 말한 까닭은 무엇일까요? 루나와 조이처럼, 여러분이 가슴으로 찾고 싶은 솔직한 나, 잃어버린 나는 어떤 모습인가요. 상처받았던 그때, 꼭 하고 싶었지만 하지 못한 말을 적어보세요.

어린 왕자가 보기에 지구 사람들은 '너무 많은 것을 소유하려고 하다가, 진짜 원하는 것을 찾지 못하는 것'으로 보입니다. 하지만 그들이 진정으로 찾고 있는 것은 아주 소박한 것입니다. 어린 왕자가 장미꽃 한 송이, 양 한 마리, 여우 한 마리만으로도 세상을 다 얻은 듯 행복해하는 것처럼 말입니다. 그것이 어린 왕자의 지혜고, 어른들이 너무 빨리 너무 많은 것을 얻기 위해 살아가는 동안 잃어버린 가치입니다. 진정 원하는 것은 '눈에 보이는 것'이 아니라 '마음으로 찾아야만 보이는 것'이지요. 눈에 보이지 않지만 정말로 소중한 것은, 장미의 보이지 않는 눈물처럼 우리 가슴을 울립니다.

어린 왕자의 말

"안녕." 어린 왕자가 말했다.

"안녕." 철도 관리인이 말했다.

"여기서 뭘 해?" 어린 왕자가 물었다.

"여행자들을 천 명씩 고르고 있어." 철도 관리인이 말했다.

"여행자들을 싣고 가는 기차를 때로는 오른쪽으로 보내기도 하고 때로는 왼쪽으로 보내기도 한단다."

그러던 중 환하게 불을 켠 특급열차가 천둥 치는 소리를 내며 철도 관리인의 방을 뒤흔들어 놓았다.

"저 사람들은 엄청나게 바쁘구나." 어린 왕자가 물었다. "뭘 찾고있는 걸까?"

"기관사 자신도 모른단다." 철도 관리인이 말했다.

그러자 반대 방향에서 불을 환하게 켠 두 번째 특급열차가

우렁찬 소리를 내며 나타났다.

"벌써 되돌아오는 거야?" 어린 왕자가 물었다.

"아까 그 사람들이 아니란다." 철도 관리인이 말했다.

"두 기차가 서로 엇갈리는 거지."

"전에 있던 곳이 마음에 안 들었나?"

"자기가 있는 장소에 완전히 만족하는 사람은 이 세상에 아무도 없는 거란다." 철도 관리인이 말했다.

그러자 불을 환하게 켠 세 번째 특급열차가 우렁찬 소리를 내며 달려왔다.

"그 먼젓번 기차들을 뒤쫓는 거야?" 어린 왕자가 물었다.

"뒤쫓아가는 게 아니야." 철도 관리인이 말했다. "그 안에서 잠을 자거나 하품을 하는 거지. 아이들만이 기차 유리창에 코를 비벼대며 창밖을 내다보고 있지."

"아이들만이 자기들이 무얼 찾고 있는지 알고 있어." 어린 왕자가 말했다.

"아이들은 누더기 인형을 위해 기꺼이 시간을 쏟아붓잖아. 그래서 그 인형이 아주 중요하게 되어버리는 거야. 누가 빼앗아 가기라도 하면 엉엉 울잖아."

"아이들은 참 운이 좋아." 철도 관리인이 말했다.

Question

어린 왕자는 왜 "아이들만이 자기들이 무얼 찾고있는지 알고 있다"고 말할까요? 여러분이 꼭 찾고 싶은 내 안의 어린왕자, 혹은 조이와 그냥 한 번 수다를 떨어보세요. 여러분의 내면아이와 도란도란 수다를 떨며, 그 내면아이가 외롭지 않도록 곁에 있어 주세요. 그런 마음으로 내면아이와의 대화를 적어보세요.

어른들은 끊임없이 떠납니다. 사실 떠나는 목적지에 정말로 우리가 찾는 무언가가 있다는 확신은 없습니다. 다만 어른들은 자기가 있는 곳에 만족하지 못하지요. 충분히 머물며 여기를 제대로 알기도 전에, 사람들은 저기로 떠나보자고 말합니다. 우리는 우리가 사는 곳에 대해 잘 알고 있을까요. 아이들은 멀리 있는 것에서 만족을 찾지 않고, 아주 가까이 있는 것으로 충분히 행복해합니다. 아이들이야말로 '길들인다'는 것의 의미를 어른들보다 훨씬 더 본능적으로 이해하고 있는 것이 아닐까요.

Chapter 9

이제 네 안의 날개를
맘껏 펼치고 날아가!

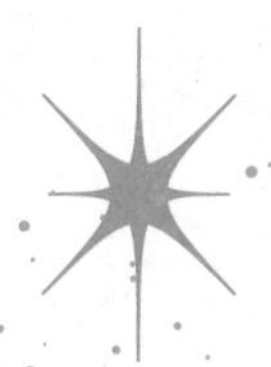

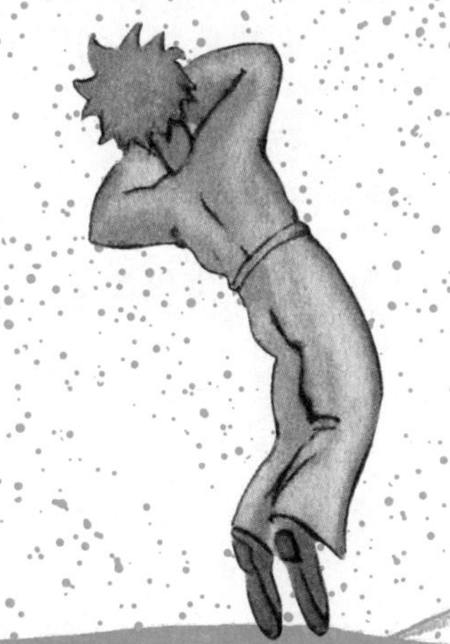

어린아이의 호기심과 열정을

조이 루나, 내가 완전한 너의 편이기는 하지만, 잔소리 좀 해도 괜찮아?

루나 잔소리도 괜찮고 비판도 괜찮아. 뭐든 마음에 안 드는 것이 있으면 이야기해.

조이 정말 토라지거나 돌아서지 않을 자신 있어?

루나 물론이지. 넌 남이 아니잖아. 남들에게 받는 충고는 아프기만 하지만, 내가 내 안의 내면아이에게 받는 충고는 괜찮아.

조이 난 너이면서도 네가 아니야. 넌 이제 완전한 어른이 되었잖아. 난 아직 아니거든.

루나 알았다고, 조이, 걱정 말라니까. 얼른 이야기해 봐. 어른이 된 내가 무엇을 고쳐야 할까. 어떻게 해야 내 안의 어린 왕자, 조이를 완전히 되찾을 수 있을까.

조이 있잖아, 너는 너무 앞만 바라보고 걷는 것 같아. 다른 사람들을 좀 봤으면 좋겠어. 여행 갔을 때도 예전에는 자선도 많이 하고 기부금도 많이 내고 그랬잖아. 그런데 너는 점점 더 네 여행만 하고, 네 글만 쓰고, 너와 네 가족과 네가 직접적으로 사랑하는 사람들, 네가 진심으로 공감하고 이해하는 사람들만 챙기는 것 같아. 내가 아는 루나 너는, 결코 그런 사람이 아닌데. 너는 너무 차가워진 것 같고, 의심이 많아진 것 같아.

루나 맞아. 아프지만 정말 맞는 말이야. 고통받는 사람들에 대한 관심도 '내가 아는 고통, 내가 짐작할 수 있는 고통'에만 가닿는 것 같아. 예전에 집시에게 돈을 줬더니 계속 따라오면서 돈을 더 달라고 하더라고. 집시가 아이를 껴안고 있어서 돈을 준 것이었는데, 알고 보니 그 아이도 집시의 아이가 아니었어. 집시들끼리 뒷골목에 모여서 막 웃으면서 '직업적으로' 아이를 돌아가며 데리고 다니는 모습을 발견했어. 그 사람들에게 돈을 계속 주면 구걸에만 의존하고 영원히 자립하지 못할 것이라는 사람들의 이야기도 설득력 있다고 생각했어. 돈 몇 푼이 아까워서가 아니라 왠지 모르게 그들에게 공격당하는 느낌이 싫었던 것 같아. 넌 여행 다닐 정도로 팔자 좋은 인생이지? 넌 우리에게 돈을 내고 다닐 필요가 있어, 라고 말하는 듯한 묘하게 공격적인 눈빛에 충격을 받곤 했어.

하지만 모두 변명이야. 누군가를 돕는 일에는 아무런 조건도 변명도 필요 없잖아. 내가 특별히 사랑하는 사람들, 아니면 사연을 꼼꼼히 살피고 내가 진심으로 공감할 수 있는 사람들만 도우려 했던 마음. 그것이 내가 내 안의 어린 왕자를 잃어버리게 된 과정이기도 한 것 같아. 그냥 세상 사람들을 조건 없이 사랑하는 것이 아니라, 내 마음에 쏙 드는 사람, 내 마음을 울리는 사람, 어떻게든 나를 설레게 하거나 나를 설득할 사연이 있는 사람들만 사랑하는 편협한 어른이 된 것 같아. 미안, 조이. 너를 걱정하게 만들어서. 네가 원래 꿈꾸던 너그럽고 포용력 있는 사람이 못 되어서 미안해.

조이 루나, 조금만 성찰해 보라고 했지 네 인생 자체를 부정하라는 이야기는 아니야. 너는 왜 항상 살갗을 살짝만 찔러도 심장 전체를 찔리니.

루나 와, 그 말은 좀 치명적이다! 하하. 하지만 정말 맞는 말이라서 더 아프구나. 그래도 조이, 네가 그걸 알아봐 줘서 다행이다. 부끄러운 걸 알면서도, 내가 너무 차가워져 간다는 것을 알면서도, 예전보다 인색해진 나를 발견해. 정말 믿을 만한 사람만 만나고 싶고, 정말 아프고 슬픈 사람들만 위로해 주고 싶고, 자꾸만 속고 배신당하며 아파하고 싶지가 않아. 그런데 세상을 향한 더 깊고 너른 사랑은 그런 게 아니잖아. 어떻게 내 마음을 끄는 것들만 콕 집어서 사랑하게 되어버렸을까. 아무것도 비교하지 말고, 너무 깐깐하게 분석하지 말고, 그냥 내 곁을 잠깐 스쳐가는 존재들까지도 사랑의 눈으로 바라보고 싶은데. 마음은 그런데, 몸은 잘 안돼.

조이, 이럴 땐 어떻게 해야 하지? 내가 너였을 때는, 내가 어린 왕자처럼 아무런 복잡한 의심 없이 세상을 맑고 투명하게 바라보았을 때는, 세상을 향한 두려움보다 호기심이 더 컸던 것 같아. 두려움은 우리를 움츠러들게 하지만, 호기심은 우리의 열정을 끝없이 세상 밖으로 용감하게 뻗어나가게 해주잖아. 그런데 내가 한때 너였을 때가, 사실 기억이 잘 안 나. 내가 한때 너였을 때, 내가 한때 어린 왕자와 똑같은 마음으로 세상을 봤을 때가, 희미하기만 해.

조이 주변의 어린아이들을 봐. 동화책을 읽어봐. 동시도 읽어보고. 《어린 왕자》를 더 자주 읽어봐. 네가 한때 어린아이였을 때를 떠올릴, 그 모든 자극에 마음을 활짝 열어봐. 조카들과 더 자주 놀아주고. 사실은 그 아이들이 너와 선심 쓰듯 놀아주는 거겠지만, 하하. 그리고 나에게 자주 와서 네 마음속 깊은 이야기를 털어놔. 내면아이에게 보내는 편지나 일기를 써도 좋고. 지금 너는 이미 나와 이야기하면서 평소에는 까맣게 잊고 있었던 아주 오래전의 슬픔과 기쁨, 네가 잃어버린 너 자신의 모습을 많이 찾았잖아. 이렇게 나에게 오면 돼. 어떻게든 네 안의 어린 왕자를 이끌어 낼 더 많은 순간과 마주하면 돼.

루나 그러고 보니 조카들을 만날 때마다 내가 더 많이 웃고, 싱그러운 아이디어를 얻고, 조카들 걱정에 마음이 아파서 울 때조차도 항상 무언가 소중한 것을 얻었구나. 《라푼젤》을 다시 읽었을 때도, 어릴 땐 보이지 않던 새로운 무언가가 보였어. 어릴 땐 라푼젤을 그 높은 탑에 가둬놓고 바깥세상에 나가지 못하게 했던 마녀가 주변의 무서운 어른들과 비슷하다고 생각했거든.

우리가 뭔가 새로운 걸 알아내려 할 때마다, 어른들은 이렇게 이야기했지. 애들은 가라, 애들은 가만히 있어, '쪼끄만 게' 뭘 안다고 참견이야, 이런 식으로 말하는 어른들. 참 무섭고 싫었거든. 우리도 다 생각이 있는데, 우리가 끼어들어서 말을 하면 훨씬 더 재미있을 텐데. 그래서 나는 절대로 어른이 되면 아이들을 무시하지 말아야지, 결심했거든. 지금 내 어린 조카들은 우리 말에 항상 끼어들어서 뭔가 자기 나름대로 의견을 이야기해. 그래서 훨씬 재미있고, 행복이란 이런 거구나, 하고 깨달을 때가 많아.

얼마 전에는 조카 둘이서 숨바꼭질하는 걸 봤거든. 아홉 살 조카와 열한 살 조카가 만나기만 하면 숨바꼭질을 하는데, 정말 이렇게 큰아이들이 숨바꼭질을 이토록 사랑하다니, 매번 바라볼 때마다 놀라워. 그런데 둘은 뭐가 그렇게 좋은지 거의 발가벗고 온 집안을 돌아다니면서 시간 가는 줄 모르고 숨바꼭질을 하고, 서로 좋아 죽을 지경이거든. 정말 숨넘어가게 웃고, 좋아해. 그런 아이들을 보면 잃어버린 내면아이의 행복을 되찾는 느낌이 들어. 나도 그런 시절이 있어야 했는데, 난 충분히 행복하지 못했구나, 라는 생각에 조금 슬퍼지기도 하고.

조이 아참, 대학교 때 갑자기 선배에게 끌려가서 눈썰매 탈 때도 루나 네가 다시 나처럼 어린애가 된 느낌이었어. 비료 포대자루로 눈밭을 쏜살같이 내려오는데, 정말 죽는 줄 알았다니까. 난 겁이 정말 많은데, 그날은 참 스릴 넘쳤어. 루나 너와 내가 하나가 되어 처음으로 세상을 바라보는 느낌이기도 했지.

루나 바로 그거야, 조이. 일상 속에서 우리가 다시 아이가 되는 길이 얼마나 많은데. 어른들은 그 소중한 어린이 되기의 순간을 자꾸만 놓쳐버리고, 무시해 버리지. 어른들이 어린아이의 느낌으로 세상을 바라보는 시간을 하루에 10분씩만 가져도, 영혼만은 늙지 않을 거야. 어린왕자가 하늘의 별들 사이에서 남몰래 미소 지으면서 조종사를 바라볼 때, 그 어린 왕자가 영원히 늙지 않는 것처럼.

조이 루나, 나는 다른 아이들을 많이 만나보고 싶어. 나처럼 상처받은 아이들, 나보다 더 많이 상처받은 아이들. 부모에게 버림받고, 매일 함께 있지만 매일 학대 당하고, 차별받고, 낙인 찍힌 아이들. 그 아이들의 이야기도 루나 너처럼 마음이 따스한 어른들이 많이 들어줬으면 좋겠어.

루나 그래, 네 말이 정말 맞아. 내가 그 아픈 시절에서 벗어났다는 이유만으로, 또 다른 곳에서 아픔을 겪고있는 아이들을 미처 신경쓰지 못했나 봐. 미안하구나.

조이 루나, 그리고 소원이 하나 더 있어. 어린 왕자는 지구별을 여행하면서 많은 친구를 만났잖아. 나도 그렇게 온 세상을 여행하고 싶어. 내 친구가 나에게 등 돌린 것 때문에 다른 어떤 친구도 사귀지 못했던 어린 시절이 안타까워. 친구들도, 어른들도, 세상 많은 사람을 만나보고 싶어. 내가 가장 답답했던 게, 물어볼 사람이 없다는 거였어.

루나 조이, 그거 하나는 내가 자신 있어! 하하. 지금 아주 많이 여행하고 있거든. 아주 다양한 사람들을 만나고 있거든. 여행도 하고 글도 쓰고 책도 많이 읽고 책을 쓰면서 다채로운 사람들도 만나고. 하지만 방 안에 갇혀 사는 것 같았던 그 어린 시절의 갑갑함이 떠오르면 가슴이 많이 아파. 그때 아주 어렸을 때 더 많은 친구를 만날 수 있다면 얼마나 좋을까. 그래서 지금 아이들을 키우는 어른들에게 이야기해 주고 싶어. 아이들에게 더 많은 사람을, 더 다양한 세상을, 더 다채로운 이 세상의 아름다움을 보여달라고. 아이들에게 다양한 세상 풍경을 보여주지도 않으면서, 자기가 원하는 어떤 전형적인 성공의 타입만을 한정적으로 경험하게 하고, 너는 이런 꿈을 꾸어야 한다고 강요하는 어른들을 보면 너무 안타까워. 아이들에게 꿈의 종류도 보여주지 않고 그냥 너는 이런 꿈을 꾸어야 한다고, 정답을 다 정해놓고 강요하는 것이나 마찬가지거든.

조이 루나, 네 말을 들으니까 이제야 알겠어. 아무도 날 가두지 않았는데 내가 항상 어딘가 갇혀 있었던 이유를. 한 곳에서만 살고, 부모님의 보호 밖으로 벗어나지 못하고, 아무런 모험도 하지 못했던 거. 만약 책이라도 없었더라면, 루나, 우리는 어떻게 되었을까. 책이 없었더라면 나는 곤경을 헤쳐 나갈 탈출구가 없었을 거야.

루나 갑자기 아빠한테 감사인사를 드리고 싶네. 아빠는 만원을 벌면 오천 원을 내 책값에 쓰셨거든. 사실 더 많이 쓰셨지. 아빠는 내가 이 세상을 꿋꿋이 헤쳐나갈 수 있도록 수많은 선택지를 주셨던 거야.

조이 책도 너무 좋지만, 그래도 진짜 사람 친구가 만나고 싶었어. 백 권의 책을 읽는 것보다는 한 명의 진정한 친구를 사귀고 싶어. 난 아직도 너무 외롭거든. 루나, 너마저 찾아오지 않는다면 난 아무도 없어. 루나 너도 참 안됐다. 어렸을 때 친구 중에 지금 만나는 친구가 없잖아. 너의 어린 시절과 어른이 된 지금 사이에는 마치 크레바스처럼 거대한 심연이 가로놓여 있어. 넌 그곳을 건너갈 때마다 깊은 외로움을 느끼는 것 같아. 넌 정말 친구가 부족한 것 같아. 어른이 되면 친구를 사귀는 것이 정말 어렵다고 하던데, 너도 그런 거 아니니.

루나 친구를 사귀는 것은 원래 어려운 일이야. 나만 그런 건 아니라고 스스로 위로하곤 해(웃음). 친구가 많지 않은 대신 나에게는 무적의 세 자매가 있잖아. 부모님께 가장 고마운 일이 바로 나에게 동생들을 낳아주신 거야. 동생들만 있다면 나는 괜찮아. 어쩌면 동생들을 너무 지나치게 미친 듯이 사랑해서, 그만큼 더 마음 편한 친구를 찾지 못했을 수도 있어.

조이 어렸을 땐 아니었잖아. 동생들은 너 별로 안 좋아했어, 루나.

루나 응, 알아. 넌 참 날카롭게 나의 콤플렉스를 찌르는구나. 허, 참. 내 동생들에게 수백 번 사과했지. 어렸을 땐 다정하고 친절한 언니가 못 되어주어서 미안하다고, 여러 번 사과했는데, 지금도 동생들은 만날 때마다 나를 놀려. 언닌 맨날 공부한다고, 글 쓴다고, 책 읽는다고, 자기들한테 조용히 하라고 했다고. 내가 동생들에게 조용히 하라고 잔소리를 했다는 말이 너무 가슴 아팠어. 혼자 있고 싶은 마음은 이해하지만 혼자 있지 못하다고 해서 동생들에게 짜증을 내면 안 되는 거였는데.

어릴 땐 부모님이 나에게만 집착하는 것이 싫었어. 동생들에게는 상대적으로 덜 집착하고 덜 기대하고 내버려 두는 시간도 많았거든. 그래서 막냇동생이 은근히 부러웠는데, 어린 시절부터 부모님의 집착에서 벗어나서 자유롭게 살 수 있는 지혜로움이 있는 아이라고 생각했거든. 그런데 나중에 알고 보니 막내도 굉장히 외로웠더라고. 막내는 부모님이 자신에게는 관심이 별로 없다고 생각했대. 언니들에게는 신경을 많이 쓰면서, 자신에게는 관심을 덜 기울이는 것처럼 보였대. 그 이야기를 들으니까 울컥하고 눈물이 나더라고. 나는 막내의 자유로움이 부러웠는데, 막내 입장에서는 사랑을 덜 받았다고 생각했다니. 부모님도 나름 최선을 다하셨는데, 정말 우리 세 자매를 키우느라 고생을 많이 하셨는데, 우리는 저마다 이렇게 깊고 쓰라린 외로움을 짊어지고 살아가고 있으니.

그런데 생각해 보니, 부모님은 우리를 어떻게 사랑해야 할지 몰랐던 거야. 왜냐하면 충만한 사랑을, 그냥 사랑이면 충분해지는 그런 해맑은 사랑을, 부모님은 받아본 적이 없거든. 모두가 어려웠고, 살아남는 것이 기적 같은 나날이었으니까. 특히 아빠는 참 불쌍해. 아빠는 사랑보다는 기대만 많이 받고 자란 어린아이였거든. 큰아들이라는 이유로 어리광 한 번 못 피워보고, 소아마비를 앓고 있던 막냇동생을 혼자 업고 그 무섭고 어두운 시골의 밤길을 걸어서 의사 선생님을 만나러 가곤 했대. 얼마나 무서웠을까. 얼마나 막막했을까.

조이 루나, 이제 보니 너는 아빠를 미워하지 않는구나.

루나 그럼, 아빠를 미워했던 시간은 다행히 이제 끝났어. 그냥 지나가는 말이라도, 농담으로라도, 부모를 탓하는 어른은 되고 싶지 않아. 아빠가 나에게 잘못한 것이 있더라도, 나에 대한 잘못보다는 사랑이 훨씬 컸으니까. 이런 연습을 하고 싶어. '타인이 나에게 한 잘못'과 '그 사람에 대한 내 사랑'을 구분하는 일. 엄마가 어린 시절 날 무섭게 몰아세운 건 서운하지만, 엄마에 대한 사랑은 더 커졌어. 이제 엄마의 사랑받지 못한 내면아이를 조금은 이해하니까. 사업 실패 후 아빠가 나를 힘들게 한 것은 야속하지만, 한 번도 부모의 따스한 울타리를 경험하지 못하고 평생 장남의 책임만을 짊어져야 했던 아빠는 안쓰러워. 아빠는 자신이 한 번도 받아 보지 못한 사랑을 나에게 준 거잖아. 나는 받았지만 아빠는 받지 못했던 사랑의 깊이를 생각하면 아빠가 더욱 애틋하지.

우리 모두 부모님이 너무 밉고 야속할 때는 '사랑받지 못한 부모님의 내면아이', '한때는 누군가의 어린 왕자였을 우리 부모님의 어린 시절'을 떠올려 보는 게 어떨까. 부모님에게 섭섭한 마음은 눈 녹듯 사라지고, 부모님의 내면아이를 꼭 안아주며 토닥거리고 싶은 마음이 생길 거야. 부모님의 내면아이를 내가 대신 껴안아 주는 것도 가능해. 부모님들은 내면아이라는 단어에는 관심이 없으시니까, 내가 대신 관심을 가지고 그들의 미처 인정받지 못한 내면아이를, 그들의 마음속에서 미처 보살핌받지 못한 어린 왕자의 장미 같은 연약함을, 꼭 껴안아 주고 싶어.

어린 왕자의 말

"넌 누구니?" 어린 왕자가 물었다. "넌 정말 아름답구나…"

"난 여우야." 여우가 대답했다.

"이리 와서 나하고 놀자." 어린 왕자가 말했다.

"난 정말 슬프거든…"

"난 너하고 놀 수 없어…" 여우가 말했다.

"난 너에게 길들여지지 않았으니까."

"그래? 미안하구나." 어린 왕자가 말했다.

그러나 조금 생각한 후에 어린 왕자가 물었다.

"길들인다는 게 무슨 뜻이야?"

"넌 여기 사람이 아니구나." 여우가 말했다. "뭘 찾고있는 거니?"

"사람을 찾고 있어." 어린 왕자가 말했다. "길들인다는 게 무슨 뜻이니?"

"사람들은 총을 가지고 사냥을 한단다." 여우가 말했다. "정말 불편한 일이지! 사람들은 닭도 키운단다. 그게 그들의 유일한 낙이지. 닭을 찾고있는 거니?"

"아니야." 어린 왕자가 말했다. "난 친구들을 찾고 있는 거야. 길들인다는 게 무슨 뜻이니?"

"그건 사람들이 잊고 있는 거야." 여우가 말했다. "길들인다는 건 '관계를 맺는다'는 뜻이란다."

"관계를 맺는다?"

"그래." 여우가 말했다. "넌 아직 나에게는 다른 수많은 어린이와 똑같은 사람에 불과해. 그러니 나에겐 네가 필요 없지. 물론 너에게도 내가 필요 없겠지. 네 입장에서는 내가 수많은 다른 여우들과 똑같은 여우에 불과할 테니까 말이야. 그러나 만일 네가 나를 길들이면 우리는 서로를 필요로 하게 돼. 나에게는 네가 세상에 하나밖에 없는 존재가 되고, 너에게는 내가 세상에 하나밖에 없는 존재가 될 거야…." 여우는 이렇게 자세히 이야기해 주었다.

"아, 이제 좀 알 것 같아." 어린 왕자가 말했다. "나에겐 꽃이 하나 있는데… 그 꽃이 나를 길들였던 것 같아…."

"그럴 수 있어." 여우가 말했다. "지구에는 정말 다양한 것들이 존재하니까."

"아니야! 지구에 있는 게 아니야." 어린 왕자가 말했다.

여우는 호기심 어린 표정을 지었다.

"다른 별에 있는 거야?"

"응."

"그 별엔 사냥꾼이 있니?"

"아니."

"그거참 신기하구나! 닭은 있어?"

"없어."

"세상에 완벽한 곳이란 없는 거구나." 여우가 한숨을 내쉬었다.

그러나 여우는 다시 자기 이야기로 말문을 돌렸다.

"내 생활은 단조로워. 난 닭을 쫓아다니고 사람들은 나를 쫓아다니지. 닭은 전부 비슷비슷하고 사람들도 전부 비슷비슷하단다. 그래서 좀 심심해. 하지만 네가 날 길들이면 내 삶은 환해질 거야. 여느 발걸음 소리와는 다르게 들릴 발걸음 소리를 알게 될 거야. 다른 발걸음 소리는 나를 땅속으로 숨게 하지만 너의 발걸음 소리는 음악 소리처럼 나를 굴 밖으로 불러내게 되겠지. 그리고 저걸 봐! 저기 밀밭이 보이지? 난 빵을 안 먹는단다. 나에겐 밀이 쓸모없는 거야. 밀밭을 봐도 난 아무것도 떠오르지 않아. 그게 슬프단 말이야! 하지만 넌 금발이니까 네가 날 길들인다면 정말 멋질 거야. 밀밭도 금빛으로 빛나니까 밀밭을 보면 이제 네 생각이 나게 될 거야. 그렇게 되면 밀밭을 지나가는 바람소리마저 좋아하게 될 거야…."

여우는 말을 마친 다음 오랫동안 어린 왕자를 물끄러미 바라보았다.

"부디 날 길들여 줘." 그가 말했다.

"그렇게 할게." 어린 왕자가 대답했다. "하지만 난 시간이 별로 없는걸. 난 친구들을 찾아내야 하고 알아봐야 할 것들이 많이 있거든."

"누구든지 자기가 길들인 것밖에는 알 수가 없는 거야." 여우가 말했다. "사람들은 이제 무얼 제대로 알 시간조차 없어. 그들은 상점에서 다 만들어놓은 걸 사기만 하니까. 하지만 이 세상 어디에도 친구를 판매하는 상점은 없으니까 사람들은 이제 친구가 없지. 친구를 원한다면 날 길들여 봐."

"어떻게 하면 되는 거야?" 어린 왕자가 물었다.

"인내심이 아주 많이 필요하단다." 여우가 말했다.

"맨 처음에는 오늘처럼 나에게서 좀 멀리 떨어져서 풀밭에 앉아 있어봐. 곁눈질로 널 살짝 엿볼 테니까. 말은 하지 마. 말이란 오해의 씨앗이니까. 하지만 매일 조금씩 더 가까이 다가와 앉아봐."

그 다음 날 어린 왕자가 여우에게 다시 왔다.

"시간을 정해놓고 찾아오는 게 더 좋을 텐데." 여우가 말했다.

"예를 들어 네가 오후 네 시에 온다면 세 시부터 난 벌써 행복해지기 시작할 것 같아. 시간이 갈수록 더 행복해지겠지. 네 시가 되면 벌써 안절부절못하고 걱정에 빠질 거야. 난 행복의 가치를 깨닫게 될 거야. 하지만 네가 아무 때나 온다면, 난 몇 시에 마음을 치장해야 할지 알 수가 없게 되잖아… 일종의 의식이 필요하단다."

"의식이란 게 어떤 거야?" 어린 왕자는 처음 듣는 단어였던 것이다.

"그것도 사람들이 오래전에 잊어버린 것이지." 여우가 말했다. "그건 어떤 날을 다른 날과는 다르게 만들고, 어떤 시간을 다른 시간과는 다르게 만드는 거야. 예를 들면 사냥꾼에게도 의식이 있지. 그들은 목요일에 동네 아가씨들과 춤을 춘단다. 그러니까 목요일은 대단히 멋진 날이지! 목요일에는 난 포도밭까지 멀리 산보를 나갈 수 있어. 사냥꾼들이 아무 때나 춤을 춰버린다면 매일 하루하루가 똑같아져 버릴 거야. 나에겐 휴가라는 게 없어져 버릴 거고…."

Question

여러분도 누군가를 '길들여' 본 적이 있나요? 길들인다는 것은 어떤 의미일까요? 길들이고 싶었지만 길들일 수 없었던 사람, 사랑하고 싶었지만 사랑할 수 없었던 사람에 대한 이야기를 써보세요. 그리고 부모님의 상처받은 내면아이를 상상하고, 부모님의 힘겨웠던 어린 시절 이야기를 들어주는 시간을 가져보세요.

'길들인다'는 것의 의미는 서로를 필요로 하게 되는 것, 서로를 '이 세상에 하나뿐인 유일한 존재'로 만드는 것이지요. 여러분이 어떤 친구와 친해지는 과정도 그렇습니다. 매일 학교에 같이 가는 친구가 있다면, 어느 날 그 친구가 갑자기 아파서 학교에 혼자 가야 하는 순간 커다란 외로움을 느끼겠지요. 매일 붙어 다니는 친한 짝꿍이 어느 날 갑자기 전학을 가버린다면 얼마나 슬플까요. 길들인다는 것은 이렇게 누군가를 '나만의 보물'처럼 소중하게 간직하는 마음입니다. 어디서든 서로를 그리워하게 만드는 힘, 그것이 '길들이는 것'의 마법 같은 힘이지요.

어린 왕자의 말

그리하여 어린 왕자는 여우를 길들였다. 마침내 떠날 시간이 다가왔을 때, 여우가 말했다.

"어떡하지… 눈물이 날 것만 같아."

"그건 네 잘못이야." 어린 왕자가 말했다. "난 너를 괴롭게 할 생각은 전혀 없었는데, 네가 나더러 길들여달라고 부탁했잖아."

"물론 그랬지." 여우가 말했다.

"그런데 지금 너는 울고 싶어하잖아!" 어린 왕자가 말했다.

"그래, 맞아." 여우가 말했다.

"그럼 넌 얻은 게 아무것도 없잖아."

"얻은 게 있고말고." 여우가 말했다. "밀밭의 색깔을 얻었잖아."

그리고 여우는 덧붙였다. "다시 가서 장미를 바라보렴. 그러면 너의 꽃이 이 세상에 하나밖에 없다는 걸 알게 될 거야. 그리고 돌아와서 작별인사를 해줘. 너에게 나의 비밀을 하나 알려줄게."

어린 왕자는 장미꽃들을 다시 보러 갔다.

"너희들은 내 장미와 전혀 같지 않아. 너희들은 아직 아무것도 아니야." 그가 꽃들에게 말했다. "아무도 너희들을 길들이지 않았고 너희도 아무도 길들이지 않았어. 너희들은 내가 길들이기 전의 여우와 같아. 다른 수많은 여우와 똑같은 여우였지. 하지만 이제 여우는 내 친구가 되었으니까 이제는 오직 세상에 하나뿐인 여우가 된 거야."

그 이야기를 듣자 장미꽃들은 어쩔 줄 몰라 했다.

그는 계속 말했다. "너희들은 정말 아름다워. 하지만 텅 비어 있어. 너희들을 위해 죽을 사람은 하나도 없을 테지. 물론 지나가는 사람들은 내 꽃도 너희들과 비슷하다고 생각할 거야. 하지만 그 꽃 한 송이가 나에게는 너희 모두를 합친 것보다 더 중요해. 내가 물을 주고 고깔을 씌워주고 병풍을 쳐서 보호한 꽃은 그 꽃뿐이니까. 나비 때문에 두세 마리는 남겨두었지만, 그 꽃 주변의 벌레를 죽여준 것도 나란 말이야. 그 꽃이 원망하는 소리나 거들먹거리는 소리나, 때로는 아무 말 하지 않는 것까지 나는 다 들어주었으니까. 결국 그 꽃은 내가 길들인 나만의 꽃이니까."

Question

어린 왕자는 어째서 수많은 장미꽃들에게 "너희들은 정말 아름답지만, 텅 비어 있다"고 말한 걸까요? 어린 왕자의 여우와 장미처럼, 여러분이 꼭 '이 세상에 하나뿐인 존재'로 사랑하고 싶은 사람에 대한 이야기를 써보세요. 당신이 왜 그를 아끼고 사랑하는지, 그 마음을 자세히 들여다보고 묘사해 보세요.

어린 왕자는 수천 송이 장미꽃을 보고는 그간 정성껏 돌본 장미가 전혀 특별하지 않다고 생각했습니다. 하지만 여우를 통해, 다른 존재를 길들인다는 것의 의미를 알게 됩니다. 어린 왕자는 자신에게 커다란 상처를 줬던 장미들에게 '너희는 아무리 아름다워도 나의 하나뿐인 장미와는 다르다'는 것을 알려줌으로써, 과거의 상처로부터 벗어납니다. '길들이다'라는 말의 의미를 깨닫게 해준 여우의 지혜 덕분에, 어린 왕자는 자신에게 장미가 얼마나 소중한 존재인지 알게 된 것이지요.

어린 왕자의 말

그리고 어린 왕자는 여우에게 되돌아왔다.

"잘 있어." 어린 왕자가 말했다.

"잘 가렴." 여우가 말했다.

"내 비밀을 말해줄게. 아주 간단한 거란다. 마음으로 보아야 잘 보인다는 것. 중요한 것은 눈에 보이지 않는다."

"중요한 것은 눈에 보이지 않는다." 잊지 않으려고 어린 왕자는 따라 했다.

"네가 네 장미에게 쓴 시간 때문에 네 장미가 그토록 중요하게 된 거야."

"내가 내 장미에게 쓴 시간 때문에…." 잊지 않으려고 어린 왕자가 되풀이했다.

"사람들은 이 진실을 잊어버렸어." 여우가 말했다. "하지만 넌 잊지 말아야 해. 너에겐 언제나 네가 길들인 것에 대한 책임이 있단다. 그러니까 넌 너만의 장미를 책임져야 하는 거야…."

"나는 나의 장미에 대한 책임이 있다…."

잊지 않으려고 어린 왕자는 되뇌었다.

여우는 어린 왕자에게 세 가지 당부를 하지요. 이 세 가지 당부의 속뜻은 무엇일까요?

"중요한 것은 눈에 보이지 않는다."

"네가 네 장미에게 쓴 시간 때문에 네 장미가 그토록 중요하게 된 거야."

"너에겐 언제나 네가 길들인 것에 대한 책임이 있단다. 그러니까 넌 너만의 장미를 책임져야 하는 거야…."

중요한 것을 알아보는 눈은 어디에 있을까요. 그것은 바로 겉모습에 현혹되지 않고, 타인의 마음을 읽어낼 줄 아는 마음입니다. 마음으로 보는 법, 그것은 외모가 아니라 진심을 읽어내는 힘이지요.

여러분이 좋아하는 사람과는 오래 시간을 보내고 싶지만, 마음을 불편하게 하는 사람과는 잠시도 같이 있고 싶지 않지요. 아무리 내 마음을 아프게 해도, 내가 더 많은 시간을 보내고 싶은 사람. 그 사람이 바로 우리가 사랑하는 사람이겠지요.

우리가 누군가를 길들인다면, 그에게 책임을 져야 한다는 것. 길들인다는 것은 곧 사랑한다는 것이며, 사랑하는 이에 대해서는 반드시 책임을 져야한다는 것. 이 세 가지만 지킬 수 있다 해도 우리는 아름다운 삶을 살아갈 수 있을 것입니다. 물론 이 세 가지를 언제나 지킨다는 것은 하늘의 별따기만큼이나 어렵습니다. 여러분은 누구를, 또는 무엇을 길들이고 싶으신가요? 길들이고 싶은 대상과 충분한 시간을 보낼 준비가 되셨나요? 그리고 길들여 사랑한 그 존재를 책임질 준비가 되어 있는지요?

Question

여러분이 평생 사랑하고 길들이고 책임지고 싶은 사람이 있다면, 그 사람에 대한 이야기를 마음껏 써보세요

Chapter 10

사랑받지 못한
우리 모두의 내면아이에게

슬픔의 사막에서 끝까지 지켜줄게

조이 언제부터 나에게 관심이 생긴 거야?

조이는 커다란 눈망울을 반짝이며 루나에게 묻는다.

루나 다른 아이들이 상처받는 것을 볼 때마다. 마치 내 안에서 아직 사라지지 않은 어린아이가 또 한 번 상처받는 것 같았어. 왕따를 당하는 아이들의 극단적인 선택을 알리는 뉴스를 봤을 때, 가장 안전해야 할 집에서부터 학대당하는 아이들의 이야기를 들었을 때. 그때마다 내 안에 아직 죽지 않은 내면아이가 아주 작게 흐느끼는 소리가 들렸어. 처음에는 그 아이의 울음소리를 무시하고 싶었어. 자꾸만 과거의 상처를 들여다보는 것은 뭔가 뒤처지는 느낌이었거든. 난 강인하게 살아남고 싶었어. 더 지독한 어른이 되고 싶었어. 누구도 날 무시하지 않게, 내 주변에 강력한 방어벽을 쌓고 싶었어. 그런데 내면아이라니, 내 안에 아직도 그 작고 여린 아이가 울고 있다니, 정말 황당하더라고.

미안, 조이. 너 지금 살짝 얼굴 찌푸린다, 하하. 미안. 난 어른이 되었잖아. 어른이 된다는 것은 내 안의 내면아이와 작별하는 것인 줄 알았어. 그런데 그게 아니었어. 사랑받지 못한 내면아이, 미처 보살핌을 받지 못한 내면아이는 우리의 생이 끝날 때까지 우리를 따라다녀. 나는 아주 사랑을 많이 받은 아이였음에도 불구하고, 이루 말할 수 없이 착하고 지극히 정상적인 부모님이 보살필 수 없는 내면아이가 있었어. 부모님도 내가 이렇게 상처받은 아이라는 걸 모르셔. 사랑을 준 기억밖에 없으니까. 부모님은 나처럼 사랑받지 못하셨거든. 하지만 아이들은 사랑받은 기억보다 상처받은 기억을 더 오래 간직해. 그 상처가 치명적일 경우에는 더더욱. 그렇게 뭔가 심하게 으스러진 영혼을 껴안고 사는 사람들은 언젠가는 분노와 원한으로 폭발해 버릴 수도 있어.

나는 다행히 그런 상황까지 내몰리지는 않았어. 그 전에 너와 이렇게 이야기를 나누기 시작했거든. 미처 충만하게 사랑받지 못한 우리 안의 내면아이, 나의 어린 왕자, 나의 조이를 보살피기 시작하자 내 삶이 바뀌었어. 마치 지하감옥에 수십 년간 갇혀 있던 내 안의 어린 왕자가 처음으로 빛을 보기 시작한 것 같았어. 처음에는 성인자아와 내면아이의 만남이 너무 어색하고 고통스러워 어쩔 줄 몰랐지만. 점점 더 우리가 마음을 열고 대화를 나눌수록 나는 내 안의 슬픔과 화해하기 시작했어. 너의 깊은 슬픔에 귀 기울일 때마다, 나는 더 다정해지고, 사려 깊고, 그러면서도 밝아지는 느낌이야. 마치 내가 우물처럼 좁고 답답한 곳에 갇혀있는 사람이었다가 내 안의 상처를 단단히 동여맨 봉인이 풀리자, 내가 비로소 아무도 찾아와 주지 않는 버려진 우물이 아니라 거대한 바다였다는 사실을 깨닫게 된 기분이야.

이제는 예전처럼 그 상처가 아프기만 하지는 않아. 아프면서도, 그 상처가 나의 소중한 일부임을 알겠어. 조이, 너의 상처로 인해 나는 세상의 부조리에 눈을 뜨고, 너의 눈물로 인해 내 안에 아직 다스려지지 않은 슬픔을 깨닫게 되었으니까.

신기하게도 내면아이의 그림자를 만날 때마다 우리는 내면아이의 환한 빛을 깨닫게 돼. 내면아이의 그림자를 숨기기만 할 것이 아니라 잘 보살필수록, 잘 들여다볼수록, 잘 어루만질수록, 우리는 자기 안의 아름다운 가능성과 만날 수 있어.

조이 루나, 나는 선명하게 기억하지만 너는 기억하지 못하는 것들이 아직도 많아. 어른이 되면 많은 것들을 잊어버리게 되잖아, 특히 너무 괴로운 상처일수록 어른들은 그저 묻어두려고만 하더라. 거꾸로 너는 잘 알고 있지만 나는 모르는 세상의 진실도 너무 많아. 그러니 우리 더 자주, 더 오래 만나서 이야기하자.

루나 그래, 조이. 네가 항상 나를 반가워하고 있다는 것을 이제야 알았어. 우리는 함께할 때 더 강해지는 느낌이야. 어떤 어른들은 내면아이와 몇 번 이야기를 나눠보고, 아, 이제야 내 상처를 깨달았다, 이렇게 느낀 다음에는 다시 내면아이와 작별하기도 해. 그러면 그토록 어렵게 이루어진 내면아이와의 만남이 일시적인 것으로 끝나버려. 내면아이는 평생 우리가 데리고 다녀야 할 아주 소중한 친구인데 말이야.

조이 루나, 이제 알았구나? 내 소중함을, 하하. 자, 이제 이야기해 봐. 어린 왕자가 지구를 떠나야만 했을 때, 조종사와 영원한 작별을 고할 때, 너는 왜 그렇게 세상이 끝날 것처럼 통곡을 한 거야?

루나 드디어 올 것이 왔구나. 아직도 술술 대답하기는 어렵지만, 너에게 너무나 중요한 질문이니까 어떻게든 대답해 볼게. 그때는 내면아이라는 단어를 몰랐지만, 내 안에서 뭔가 거대한 지각변동이 일어나는 것 같았어. 어린 왕자가 자신이 사라지는 모습을 결코 보이고 싶지 않아 숨으려 하는 순간. 어린 왕자가 뱀에 물려 지구를 떠나는 순간. 이제 내 어린 시절이 완전히 끝나버린 것 같았어. 어른이 되는 게 너무 두려워서. 사실은 그때쯤에 나는 사람들에게 너무 상처받고 오해받고, 사랑받지 못해서, 그냥 공부만 열심히 하기로 결심했거든. 공부를 열심히 해서 좋은 대학에 들어가면, 아무도 날 무시하거나 함부로 하지 못할 것 같았어. 바보 같은 생각이지? 하지만 그때 나는 너무 외롭고 상처 입은 한 마리 새였어. 아직 다 자라지도 못했는데 날개를 꺾인 어린 새처럼. 나의 날개를 영원히 잃어버린 것처럼 아프고 두려웠어.

속내를 털어놓을 친구도 없고, 친구라고 믿었던 아이는 내 뒤에서 나를 욕하고, 어른들은 내 성적만 중요하게 여겼으니까. 내 주변에는 무서운 어른, 힘들어 보이는 어른, 불쌍한 어른, 재미없는 어른들이 가득한데, 나도 그들처럼 행복하지 못한 어른이 될까 봐 두려웠어. 하지만 그런 어른들에게 사랑받지 못하는 것도 두려웠지. 하지만 내가 그토록 사랑했던 어린 왕자가 영원히 지구를 떠나는 모습을 보면서, 이제는 어릴 때처럼 너무나 해맑고 투명한 시선으로 세상을 바라보지 못하는 내가, 어른들의 경쟁과 성공에 대한 갈망의 씨앗이 내 심장에 자리를 잡기 시작했다는 것을 깨달았어. 나도 모르게 어딘가 세속적인 때가 묻어버린 내가 너무 밉고 싫었어. 하지만 살아남기 위해, 어른들에게 버림받지 않기 위해, 칭찬받고 사랑받기 위해, 나는 그들이 원하는 존재가 되어야만 할 것 같았지.

공부를 열심히 하고 어른들 말을 잘 듣는 착한 모범생 연기를 하고 있었던 거야. 그런 내가 참 싫었어. 하지만 내 안에 희미하게 남아있는 어린 왕자의 마지막 흔적이, 내 안의 내면아이 조이, 너의 안타까운 손길이 나를 붙들었던 거야. 제발 나를 버리지 말아 달라고. 제발 나를 영원히 떠나지 말아 달라고. 어쩌면 그래서 나는 그토록 세상이 끝날 것처럼 울고 또 울었던 것이 아닐까. 나는 어른들의 세계, 속물들이 승리하는 세계, 권력과 자본만을 추구하며 주변의 약하고 여린 모든 존재들을 짓밟아 버리는 그들의 세계에 이미 감염되어 버렸는데, 너만은, 조이 너만은 아직 감염되지 않았으니까. 세상의 더러움에 물들지 않았으니까. 어린 왕자가 떠나가는 것이 마치 내 안의 내면아이 조이 네가 영원히 내 곁에서 사라지는 것처럼 두려웠던 것 같아. 그때는 너의 손길을 야멸치게 뿌리치는 것이 멋진 어른이 되는 길인 줄 알았나 봐. 동시에 내 마음 깊은 곳에서는 그런 내가 얼마나 어리석은지, 그런 내가 얼마나 세속적인 기준에 물들어 있는지, 알고 있었던 것 같아. 그래서 그렇게 울었던 것이 아닐까. 다시는 조이, 내 안의 어린 왕자인 너를 만나지 못할까 봐 너무 두려워서.

조이 가엾은 루나, 넌 그렇게 세상의 더러움에 쉽게 감염되고 물들어 버리는 그런 사람이 아니야. 넌 항상 아이들의 환상 속 세계를 이해했잖아. 피터팬과 웬디는 물론 온갖 어린 시절의 이야기들 속에서 넌 항상 너만의 네버랜드를, 어린 왕자와 조종사가 마지막으로 헤어진 그 아름다운 사막의 모래언덕을 잊지 않으려 발버둥을 쳤잖아. 네가 아름다운 시와 소설을 읽을 때마다, 나는 귀를 쫑긋하고 너의 낭독 소리를 듣곤 했어. 그거 알아? 어른들이 아름다운 문학작품을 읽을 때마다, 어린 시절의 동화를 다시 한 번 열심히 읽을 때마다, 어른들 속의 내면아이는 좋아서 팔짝팔짝 뛰어. 어른들이 '갑자기 내가 왜 이러지?' 하고 갸우뚱하면서 때아닌 어린 시절 동화책 페이지를 넘길 때마다, 내면아이는 미친 듯이 설레고 두근거려. 어른들이 내면아이에게 다가오는 가장 어여쁜 발자국 소리야.

루나 동화책 페이지를 다시 넘기는 소리가?

조이 응, 어린아이들의 미소를 뿌듯하게 바라볼 때도. 이제는 아무 상관 없는데 왜 어린 시절의 동화책들이 그리워지는 걸까, 골똘히 생각하는 것도. 어린 시절의 동네 놀이터에 다시 가볼 때도, 놀이터의 그네를 다시 타는 순간도. 그 모든 순간이 내면아이의 심장에 문을 두드리는 소리야.

루나 그럼 이런 순간도 네가 나와 함께 있었던 거니? 중학생 때였는데, 그날은 유난히 숙제를 해가기 싫었어. 가정 시간이었는데, 그 과목이 내게는 전혀 흥미를 끌지 못했어. 무서운 가정 선생님의 치켜뜬 두 눈이 생각났지만, 태어나서 처음으로 학교 선생님께 반항하고 싶었어. 이렇게 지루한 걸 우리에게 꼭 시켜야겠냐고. 이렇게 힘든 걸 우리에게 꼭 강요해야겠냐고. 그러면서 태어나서 처음으로 숙제를 안 해갔어. 시간도 있었고, 어려운 숙제도 아니었는데, 그냥 안 해버리고 싶었어. 모범생 여울에게는 일어날 수 없는 사건이었지. 아직도 가정 선생님의 그 무시무시하게 화난 표정이 생각나. 아주 밝고 화사한 스타일의 옷과 메이크업을 즐기는 사람이었는데, 화가 나면 더할 나위 없이 무서운 얼굴이 되었지. 선생님은 이렇게 말했어. “전교 1등씩이나 하는 녀석이, 감히 숙제를 안 해와? 네가 나를 무시하는 거야? 넌 특별히 더 맞아야겠다." 그렇게 차갑게 말하고서는 내 손바닥을 열 대 때렸어. 맞으면서도 이해가 잘 되지 않았어. 이게 열 대나 맞을 일인가. 하지만 절대로 비명을 지르지 말아야지. 전교 1등인 것과 가정 숙제 안 한 것이 무슨 상관인가. 난 그저 숙제를 하기 싫었던 것인데, 왜 자기를 무시한다고 생각하는 거지? 수많은 질문이 나를 괴롭혔지만, 나를 차갑게 노려보던 그 선생님의 눈빛이 가장 고통스러웠지. 조이, 너는 그때 내 곁에 있었지?

조이 그럼, 나는 항상 네 곁에 있지. 네가 세상의 가혹한 현실에 맞닥뜨릴 때마다, 나는 어떻게든 너를 응원하기 위해 네 손을 꼭 붙들고 있단다. 그때, 많이 아팠지?

루나 응, 아픔보다도 분노가 더 컸어. 선생님은 나를 다 때려놓고도 분이 안 풀리는 듯 무섭게 노려보았어. 이렇게 말하더라. 아직도 선명히 기억나. "이렇게 때려도 얼굴 표정 하나 안 변해? 지독한 것." 그때부터 가정 시간은 지옥이었지, 뭐. 나는 튀기 싫어서 그 다음부터는 고분고분 숙제를 다 해갔지만, 선생님을 존중하던 마음은 사라졌어. 수업 시간에 선생님을 바라보는 것 자체가 고통스럽더라고. 그전에는 학교 선생님이니까 아무리 힘들어도 무조건 존중하고 싶었거든. 하지만 학생의 존중을 받을 마음의 준비가 되지 않은 선생님도 있다는 걸 그때 알았지. 초등학교 4학년 때 선생님은 물론이고. 내가 그렇게 반항심이 충만한 아이도 아닌데, 난 어떻게든 잘 해내고 싶었는데, 그리고 선생님들께 칭찬받고 싶었는데. 칭찬은커녕 얼굴을 보는 것 자체도 고통스러운 사람이 있다는 것을 그때 알았지.

조이 루나, 나는 그때 네가 참 대단하다고 생각했어. 난 사실 너무 아팠거든. 난 어린아이잖아. 소리 내어 엉엉 울고 싶을 정도로, 아프고, 또 아팠어. 그런데 넌 눈물 한 방울 안 흘리더라. 오히려 투지에 불타서 앞을 똑바로 노려봤어. 선생님을 노려보는 건 아니었지만, 마치 잘못된 세상 전체를 노려보는 것 같았어. 너의 눈빛이 참 맑았어. 네가 선생님께 잘못했다고 말하지 않은 것도 좋았어.

루나 숙제를 안 한 건 잘못한 거지. 나도 그건 알았어. 하지만 그 지루한 숙제를 너무도 하기 싫은 내 마음을 어떻게 달랠 길이 없었어. 선생님이 혼낼 건 알았지만, 그렇게 사생결단하고 나를 때릴 줄은 몰랐어. 원래 아이들을 때리는 선생님이긴 했지만, 감정적으로 무너지는 스타일은 아니었거든. 그런데 선생님을 무시한 건 아니었는데, 그냥 숙제가 하기 싫었는데, 무시했다고 생각하는 선생님의 그 마음속에도 뭔가 콤플렉스가 있었다는 것을 이제야 알겠어. 어쩌면 우월감이었을 수도 있을 거야. 자신은 선생님이니까 학생보다 우월하다는 생각을 하지 않았을까. 그러니까 학생이 절대로 선생님을 무시해서는 안 된다고 생각했을 거고, 숙제라는 자신의 명령을 거부한 학생은 자신을 무시하는 것이라고 곧바로 비약한 것일 수도 있고. 여하튼 그 선생님은 명확히 '어른들의 세계'에 진입해 있었어. 아이의 입장에서 생각하려 하지 않았지. 내가 선생님이라면 '숙제를 왜 안 했는지'부터 물어봤을 거야. 아이가 솔직하게 "숙제가 너무 재미없어서 안 했다"고 말한다면, 다음부터는 어떻게 하면 숙제를 조금이라도 재미있게 낼 수 있을까 고민했을 거고. 결코 매를 들지도 않을 거고. 아이들에게 '너는 학생이고 나는 선생이니, 내가 우월하다'는 시선으로 바라보지도 않았을 거야.

조이 네가 그 사건으로 인해 네 안의 내면아이를 잃지 않고 끝까지 너의 믿음을 간직하려고 노력했다는 것만으로도 나는 기뻤어. 네가 수업을 할 때 항상 학생들을 이해하고 공감하려고 노력하는 모습도 사랑스러워. 넌 항상 너를 부족한 선생님이라고 생각하지만.

루나 나에게는 글 쓰는 것보다 강연이 더 어려워. 글 쓰는 과정에서는 나 혼자 고통받으면 되지만, 가르치는 것은 내가 조금이라도 미숙하면 타인이 곧바로 영향을 받는 것이니까. 하지만 꼭 무언가를 가르친다는 마음을 내려놓고, 내 앞의 사람들과 대화한다는 느낌으로 참여하면, 예전보다 덜 무서워.

조이 루나 너는 글을 쓸 때도 빛나지만, 가르칠 때 더욱 빛날 수도 있어. 글을 쓰는 것은 혼자만의 고독한 작업이지만, 가르칠 때는 사람들과 함께하는 거잖아. 함께할 때 더욱 빛나는 사람이 너야. 너무 혼자만 있으려고 하지 마. 너는 외톨이 기질이 있잖아. 원래 사람을 참 좋아하는 아이였는데, 너는 사람들에게 상처받고 실망하면서 점점 혼자 지내려고 하더라. 그러지 않아도 괜찮아. 넌 나름 유머도 있고, 외향적일 때도 있어. 외향성과 내향

성은 결코 반대말이 아니야. 우리 모두 리트머스 시험지처럼 중립적인 모습으로 있다가, 어느 순간 외부로부터 긍정적인 자극이 오면 '외향적인 모습'이 되어도 괜찮다 싶어서 색이 확 바뀌는 거지.

루나 조이, 리트머스 시험지의 비유 재미있다. 외향성과 내향성이 꼭 고정된 것이 아니라는 말이 좋아. 사람들은 내향적인 사람, 혼자 있는 걸 좋아하는 사람을 별로 달가워하지 않거든. 하지만 나는 그렇게 해야만 나다운 나를 지킬 수가 있었어. 혼자가 진심으로 좋아서가 아니라 혼자가 아닐 땐 나를 지키기가 너무 어려워서 은둔했던 거야.

조이 너의 외로움을, 나는 이 세상에서 가장 잘 이해한단다. 하지만 루나, 그 외로움조차도 사람들과 함께 나눠. 너는 혼자가 아니야. 혼자일 때도 필요하지만, 더 많이 사람들과 함께 했으면 좋겠어. 이런 내 마음 이해해?

루나 그럼, 조이. 너는 기쁨이잖아. 너는 기쁘고 싶은 거잖아. 너는 뛰어놀고 싶고, 함께 하고 싶고, 날아오르고 싶잖아. 그런 너를 알기에, 나는 슬픔 속에서만 머물지 않으려고 해. 내 안의 순수한 내면아이, 아직 조이라고 이름 붙이지 못했던 시절의 너, 내 안의 어린 왕자가 가끔 나를 찾아와 제발 나를 잊지 말아 달라고, 제발 나를 다시 만나달라고 굳게 닫힌 내 마음의 문을 두드리던 때를 기억해. 그런데 잘 생각해 보니, 그때 조이 네가 나를 가장 열광적으로 응원하고 있었구나. 정말 고마워. 네가 응원하지 않았더라면 나는 그 모든 외로움의 사막을 홀로 건너지 못했을 거야. 나는 어른들의 명령에 순순히 복종할 수 없었고, 어떻게든 내 방식대로 저항해야만 진짜 나 자신이 될 수 있었어.

조이 루나, 네 안의 어린 왕자가 떠났다고만 생각하지 마. 둘은 완전히 헤어진 것이 아니야. 어린 왕자는 조종사에게 미소 짓는 별을 남겨놓았잖아, 루나. 사막의 모래언덕 사이로 어린 왕자의 영롱한 별이 떠오르는 장면을 통해서 어린 왕자는 조종사 곁을 영원히 떠나지 않을 것임을 맹세했잖아. 육신으로는 헤어질지라도 마음으로는 영원히 만날 수 있다는 힌트를 심어놓았잖아. 어린 왕자가 조종사를 멀리서 지켜주고 있듯이, 나도 너의 심장 안쪽에서, 너의 무의식 가장 깊은 곳에서, 끝까지 너를 지켜줄 거야.

루나 조이, 내가 《어린 왕자》 읽으면서 펑펑 울었을 때, 사실 너도 같이 울었지? 왜 아닌 척하고 그래?

조이 하하, 맞아. 너의 고백을 듣고 싶어서, 전혀 이유를 모르는 척해봤어. 사실 나도 그때 많이 울었어. 네가 나를 정말로 버리고 떠나는 것 같았어. 네가 어른이 되는 동안만 잠시 떠나 있으려 했는데, 너는 마치 나를 완전히 버리려고 하는 것만 같았어. 네가 나를 완전히 떠난 것이 아닌데도, 벌써 네가 너무 그립고 안타까워서 나도 한참 울었어. 사실은 매일 울었어. 네가 나에게 다시는 찾아오지 않을까 봐. 성공하고 싶고, 대단한 존재가 되고 싶은 열망에 들떠서, 세상이 원하는 그 모든 것들에 억지로 너를 끼워 맞춰서, 네가 완전히 변해버릴까 봐 두려웠어. 넌 그런 사람이 아닌데. 성공하지 않아도, 부자가 되지 못해도, 그냥 너는 아름답고 눈부신 사람인데.

루나 너는 이 세상에 하나뿐인 달빛이야. 70억이 넘는 인구가 느끼는 달빛이 모두 저마다 다르겠지만, 나에게서 태어나서 그 모든 세상 여행을 다 마치고 돌아와 마침내 나를 마지막 안식처로 삼을, 슬프지만 아름다운 운명의 조종사는 이 세상에 너 하나뿐이야. 네가 뭔가 원대한 목표를 이루기 위해 나를 다시 떠난다 하더라도, 나는 너를 끝까지 기다릴 거야. 조이라는 아이는 루나의 달빛을 받아야만 비로소 완전히 환하게 빛나는 별이니까. 너의 품에 안겨야만 나는 이 슬픔의 사막에서 비로소 찬란한 오아시스를 찾을 수 있으니까.

어린 왕자의 말

"얘야, 네 웃음소리를 더 듣고 싶구나…."

그러자 어린 왕자가 이렇게 말했다. "오늘 밤이면 지구에 온 지 일 년이 돼. 내 별이 내가 작년에 떨어진 그 장소 바로 위에 오게 되는 거야…."

"얘야, 그 뱀이니 만날 약속이니 별이니 하는 이야기는 모두가 그냥 나쁜 꿈일 뿐이겠지…."

그는 내 질문에는 대답을 하지 않았다. 그는 말했다. "정말 중요한 건 눈에 보이지 않아."

"그렇고 말고…."

"꽃도 마찬가지야. 어떤 별에 있는 꽃 한 송이를 사랑하게 되면 밤에 하늘을 바라보는 게 참 뿌듯하지. 모든 별에 다 꽃이 피어있으니까."

“맞아, 정말 그래….”

“물도 마찬가지야. 아저씨가 내게 마시게 해준 물은 음악 같았어. 도르래와 밧줄 때문에… 생각나…. 물맛이 정말 좋았어….”

“그래, 좋았어….”

“밤이 되거든 별들을 쳐다봐. 내 별은 너무 작아서 어디 있는지 가리켜 보일 수가 없어. 하지만 오히려 잘됐네. 아저씨에게 내 별은 많은 별 중에 하나일 테니까…. 그러면 아저씨는 어느 별을 바라보든 하나같이 다 뿌듯할 거야…. 그 별들은 모두 다 아저씨에게는 친구가 되는 거잖아. 그리고 참, 아저씨한테 선물할 게 있어.”

그가 또 웃었다.

“애야, 난 너의 웃음소리가 정말 좋아!”

“바로 이게 내 선물이야…. 물도 마찬가지야.”

“무슨 뜻이지?”

“사람들은 다 별들을 바라보지만 그건 똑같은 별이 아니야. 여행하는 사람들에게 별은 길잡이가 되어주지. 또 어떤 사람들에게는 별이 그저 희미한 불빛에 지나지 않지. 학자들에게는 해결해야 할 문제들이고, 사업가에게는 금으로 보이겠지. 하지만 저 모든 별은 말이 없어. 아저씨는 누구도 갖지 못한 별들을 갖게 될 거야…."

"그게 무슨 뜻이야?"

"아저씨가 밤에 하늘을 바라볼 때면 내가 그 별 중 하나에 살고 있을 테니까, 내가 그 별 중 하나에서 웃고 있을 테니까, 아저씨에겐 모든 별이 다 웃고있는 것처럼 보일 거야. 그러니까 아저씨는 웃을 줄 아는 별들을 갖게 되는 거야."

어린 왕자는 또 한 번 웃음 지었다.

"그리고 먼 훗날 슬픔이 가라앉게 되면(슬픔이란 언젠가는 가라앉기 마련이거든) 아저씬 나를 알게 된 것을 기뻐하게 될 거야. 아저씨는 언제까지나 내 친구일 거고, 나와 함께 웃고 싶어질 거야. 그리고 가끔은 그냥 문득 창문을 열겠지…. 아저씨가 하늘을 쳐다보고 웃는 걸 보면 친구들이 이상하게 여길 거야. 그러면 이렇게 말해줘. '그래, 난 별들을 보면 언제나 웃음이 나와!' 그러면 그들은 아저씨가 미쳤다고 생각할 거야. 난 아저씨를 엄청 곤란하게 만든 셈이네…."

그리고 그는 또 웃었다.

"그렇게 되면 나는 마치 별이 아니라 웃을 줄 아는 조그만 방울들을 아저씨한테 잔뜩 준 것이나 마찬가지가 될 테지…." 그리고 그는 또 웃었다. 이윽고 그는 다시 심각해졌다.

"오늘밤엔… 그러니까… 오지 마."

"절대 나는 네 곁을 떠나지 않을 거란다."

"내가 아픈 것처럼 보일 거야…. 죽어가는 것같이 보일 거야. 아마 그럴 거야. 그러니까 그런 걸 보러 오지는 마. 올 필요 없어…."

"난 네 곁을 떠나지 않을 거야."

어린 왕자는 걱정스러운 표정이었다.

"내가 이런 말을 하는 건…. 뱀 때문이기도 해. 뱀이 아저씨를 물어버리면 안 되잖아. 뱀은 심술궂은 동물이야. 아무 이유 없이 괜히 물어버릴 수도 있거든…."

"난 네 곁을 떠나지 않아…."

무슨 생각을 하고있는지, 어린 왕자는 마음이 놓인 것 같았다.

"하긴, 두 번째 물 때는 독이 없지…."

그날 밤 나는 그가 길을 떠나는 것을 보지 못했다. 그는 소리 없이 사라져 버린 것이다. 내가 그를 뒤쫓아가 보았더니 그는 작정한 듯 빠른 걸음으로 걸어가고 있었다. 그는 아무렇지도 않게 이렇게 말하는 것이었다.

"어, 아저씨구나!"

그리고 어린 왕자는 내 손을 잡았다. 그러나 또 걱정을 털어놓았다.

"아저씨가 따라온 건 잘못이야. 마음이 아플 테니 말이야. 난 죽은 것처럼 보이겠지만 정말로 죽는 건 아니야."

나는 아무 말도 하지 않았다.

"알다시피, 거기는 너무 멀어. 그래서 나는 이 몸을 가지고는 갈 수가 없어. 너무 무겁잖아."

나는 아무 말도 하지 않았다.

"그러나 그건 벗어던진 낡은 껍데기나 마찬가지야. 낡은 껍데기가 슬플 까닭은 없잖아."

나는 아무 말도 하지 않았다.

어린 왕자는 풀이 죽어있었다. 그러나 다시 기운을 내려고 애썼다.

"그건 참 좋은 거야. 나도 별들을 바라볼 테야. 이 세상 모든 별이 다 녹슨 도르래를 간직한 우물이 되겠지. 별들이 모두 우리에게 마실 물을 부어줄 거야…."

나는 아무 말도 하지 않았다.

"정말 즐거울 거야! 아저씨는 오억 개나 되는 방울을 갖게 되고 나는 오억 개나 되는 우물을 갖게 될 테니까…."

그리고 그 역시 아무 말도 하지 않았다. 그는 울고 있었던 것이다.

"바로 저기야. 나 혼자 한 발짝만 걸어갈 테니 그냥 보고만 있어."

그렇게 말한 어린 왕자는 그 자리에 털썩 주저앉았다. 무서웠던 것이다. 어린 왕자는 속삭였다.

"저, 아저씨… 내 꽃 말이야…. 난 그 꽃에 책임이 있어! 그런데 그 꽃이 너무 연약해서 말이야! 그리고 또 너무 순진하고, 겨우 보잘것없는 가시 네 개를 가지고 세상과 맞서서 자신을 지켜나가야 하거든."

나는 더 이상 서 있을 수가 없어서 주저앉아 버렸다. 그가 말했다.

"자… 이제 여기까지야…."

그는 또 잠시 망설이더니 다시 일어났다. 그러고는 한 발짝 내디뎠다. 나는 꼼짝도 할 수가 없었다.

그의 발목 언저리에서 그저 노란 빛이 반짝 빛났을 뿐이었다. 그는 한순간 꼼짝도 하지 않고 그 자리에 가만히 서 있었다. 소리도 지르지 않았다. 그는 한 그루 나무처럼 천천히 쓰러졌다. 모래바닥이어서 아무 소리도 나지 않았다.

Question

소중한 사람과 이별했지만, 그 사람과의 추억이 아직도 우리 인생을 밝혀주고 있지는 않나요? 이제는 만날 수 없지만, 그럼에도 여러분에게 아름다운 이야기를 남겨준 사람들을 생각하며 그들에게 편지를 써보면 어떨까요. 조종사가 어린 왕자를 추억하듯이, 루나가 조이에게 말을 걸듯이, 애틋한 그리움을 담아서요.

밤하늘의 별들은 다 비슷비슷해 보이지요. 마치 수천 송이의 장미들처럼 말이지요. 하지만 그 별 중 어딘가에 우리의 어린 왕자가 살고있다는 것을 알게 된 지금, 별들은 전혀 다르게 보이지 않을까요. 저 수많은 별 중 어딘가에 장미꽃을 사랑하고, 길들인다는 것의 의미를 아는, 사랑스러운 어린 왕자가 살고 있으니까요. 해맑은 웃음 소리로 비행사를 길들인 어린 왕자가 저 하늘 어딘가에 있다는 것을 알게 되면, 우리는 '웃을 줄 아는 별'을 갖게 되는 것이지요. 저 별들 중 하나에는 어린 왕자가 웃으며 우리를 바라보고 있을 테니까요.

인터뷰

당신의 소중한 내면아이를 되찾아 드리고 싶었어요

당신의 소중한 내면아이를 되찾아 드리고 싶었어요

정여울 작가×정고은 편집자의 대화

우리는 왜 내면아이와 대화해야 할까요? 그 두려움을 넘어설 용기를 어떻게 하면 가질 수 있을까요? 우리 안의 내면아이를 찾는다는 것은 어떤 의미일까요. 정여울 작가는 어떻게 어린 왕자를 통해 자기만의 내면아이와 만날 수 있게 된 것일까요. 정여울 작가는 이 책을 어떤 마음으로 기획한 것일까요. 이런 의문을 가지고 작가와 편집자가 대화를 나누었습니다.

작가님, '조이'나 '루나'라는 이름은 어떻게 짓게 되셨나요? 이 책을 읽는 독자들도 '조이'나 '루나' 같은 이름을 짓는다면, 어떻게 이름을 짓는 게 좋을까요?

독자 여러분도 어린 시절 내면아이를 부르는 별명을 만

들어 보면 좋을 것 같습니다. 별명을 만들어 부르면 '내면아이'와 '성인자아'가 분리되어 서로 대화를 나누기가 더욱 수월해지거든요. 어린 시절의 별명도 괜찮습니다. 또는 자신이 꼭 갖고 싶었던 어여쁜 이름도 괜찮아요. 어린 시절에 따로 집에서 부르던 이름이 있었다면 그 또한 내면아이의 이름으로 적당합니다. 내면아이는 어린 시절을 연상할 수 있는 이름으로 지어보고, 성인자아는 본인이 이상적으로 생각하는 이름이나 현재의 별명 등으로 지어본다면 좋을 것 같습니다. 내면아이와 성인자아의 대화를 시작하려면 우선 둘의 이름부터 지어보는 것이 좋으니까요. 내면아이의 이름을 불러보세요. 분명 그 내면아이에게 하고 싶은 말이 생겨날 것입니다.

내면아이를 만나는 일은 두렵습니다. 나의 그림자를 만나는 일 같으니까요. 어린 시절의 팔 할은 그림자 같고, 그 그림자가 내 온몸을 키워낸 것 같습니다. 아픈 상처를 다시 꺼내 보기가 망설여집니다. 다시 또 그 아픈 곳으로 가서 나락으로 떨어질까 봐, 다시 빠져나오지 못할까 봐서요.

우리는 왜 내면아이와 대화해야 할까요? 어떻게 하면 이 두려움을 넘어설 용기를 가질 수 있을까요? 시작하기 어려운 사람들은 어떻게 하면 좋을까요? 내면아이가 울고 있다는 걸 인식하는 특별한 신호가 있나요? 내면아이가 있다는 걸 알더라도 우는 상태 그대로 두는 건 위험할까요? 아이가 울면, 때론 그냥 기분이 나아질 때까지 둬야 할 때도 있잖아요.

작가님처럼 이름을 붙이고, 조이와 루나 같은 즐거운 대화가 가능할까요? 작가님의 오랜 훈련 덕분에 가능해진 대화인가요?

내면아이라는 개념이 있다는 것을 알게 되고 나서, 마음속에서 마구 하고 싶은 말이 떠오르더라고요. 마치 하늘에서 펑펑 터지는 불꽃놀이처럼, 마치 오랫동안 막혀 있던 강둑이 무너져서 강물이 콸콸 흘러나오는 것처럼. 그렇게 하고 싶은 말이 샘솟아났어요. 처음엔 저 역시 내 상처와 대면하는 것이 무서워서 틀어막고 싶었는데, 막아지지가 않더라고요. 시험 삼아 한 번 이름을 불러봤어요. 그랬더니 애가 그동안 왜 안 불러줬느냐고 원망하는 듯한 볼멘소리로 제게 대답을 하기 시작하더라고요. 저는 조금씩 불러보기 시작했어요. 내 안에 작은 아이가 잘 있기는 한 건지. 아직 자라지 않은 그 아이가 여전히 내 마음속에서 혼자 슬퍼하고 있는 것인지. 어느 날은 그 아이가 안쓰러워지고, 어느 날은 그 아이가 보고 싶어지기도 했어요. 어느 순간 그 아이와 대화하는 것이 점점 더 즐거워지고, 행복해지기 시작했지요.

"있잖아, 어린이날 엄마 아빠 없이 혼자 놀았던 날 있잖아. 그날 기억 나?" 이런 식으로 내면아이에게 불쑥 질문을 해보는 거예요. 그러면 내면아이가 기다렸다는 듯이, 이야기보따리를 늘어놓기 시작한답니다. 내면아이는 참 신기한 게, 성인이 된 내가 이야기를 들어주는 것만으로도 너무 기뻐하더라고요. 어릴 땐 내 이야기를 진지하게 들어주는 사람이 없어서 슬펐잖아요. 이제는 내가 그 이야기를 진지하게 들어줄 수 있는 좋은 어른이 되어보는 거예요. 내면아이와의 대화, 그것은 밝고 좋은 이야기라서 즐거운 게 아니었어요. 오랫동안 내가 숨기고 억압해 왔던 부분이 마침내 보이기 시작했기 때문에 느끼는 발견의 기쁨 같은 것이지요. 밝고 좋은 이야기만 하는 것은 제 성격에 안 맞아요. 어느 한쪽만을 보여주는 관계란 불편하기 마련이잖아요. 내 그림자도 내 슬픔도 보여줄 수 있는 관계가 편안해지는 것처럼, 제 마음속의 또 다른 내면아이와 이야기를 나누는 것도 그랬어요. 빛보다는 그림자가 훨씬 많았지만, 그래도 좋았어요.

그냥 마음속에서 혼잣말을 되뇌는 것과는 달리, 내면아이에게 말을 거는 것은 '나의 잃어버린 어린 시절' 속으로 시간여행을 떠나는 것과 같아요. 어린 시절의 나는 비록 많은 부분이 희미해져 버렸지만 분명 나 자신의 일부잖아요. 희미해진 부분을 선명하게 만들어서 '내가 되찾아야 할 나'를 보다 명확하게 만드는 것은 결국 나 자신에게 도움이 돼요. 물론 그 과정에서 상처도 도드라지지만, 상처라는 것이 참 신비로운 역할을 한다는 것도 알 수 있어요. 상처가 선명해져서 힘든 만큼, 그때 돌보지 못했던 나의 소중한 부분도 함께 깨어나는 거예요. 상처를 쏙 빼고 내면아이의 밝은 부분만 깔끔하게 도려내어 갖고 싶지만, 그것은 불가능하거든요. 우리가 사랑하는 사람들에게서 싫어하는 점을 쏙 빼고 좋아하는 점만 가질 수는 없는 것처럼요. 내 자신의 좋은 점도 그래요. 그림자와 만나는 것을 너무 두려워하지는 말았으면 좋겠어요. 그림자의 층을 뚫고 들어가면 반드시 내 안의 가장 환한 빛과도 만날 수 있답니다.

저는 그림자와 만나면서 정말 아까웠던 것이 있어요. 나에게 이렇게 좋은 면이 있었는데, 나는 상처 때문에 나의 잠재력을 발전시키지 못했구나. 예를 들어 저는 원래 내성적인 아이는 아니었어요. 자꾸 어른들한테 혼날 때마다 조금씩, 때로는 급격하게 내성적인 아이로 바뀐 것이지요. 저도 표현하고 싶은 마음, 재능, 꿈이 많았는데, 그것을 잘 표현하지 못하는 어른이 되어버렸어요. 다행히도 글쓰기라는 탈출구가 있었기에, 이제는 제가 내성적이지만은 않은 사람이라는 것을 알게 되었지요. 이렇게 누구에게나 표현의 탈출구가 필요해요. 그 표현의 탈출구를 열어주기 위해, 내면아이와의 대화가 필요한 것이지요.

얼마 전에 동생과 저는 이런 대화를 나눈 적이 있거든요.

"언니, 어렸을 때 피아노 콩쿠르 나간 적 있잖아. 나도 언니 피아노 연주하는 거 보고 싶었거든. 그런데 엄마가 나한테는 집 보라고 하면서 나만 남겨두고 갔어. 나도 다 같이 언니 피아노 치는 거 보고 싶었는데. 나만 집에 혼자 덩그

라니 참 외로웠어."

저는 깜짝 놀랐어요. 엄마랑 동생이 제가 피아노 연주하는 걸 보러 와주었다는 것도 잘 기억이 나질 않았거든요. 저는 그때 너무 긴장하고 떨려서 무대 위에 저 혼자 남았다는 생각밖에 안 들었어요. 분명히 날 데려다 준 어른이 있었을 텐데 그 사람이 엄마였음을 잊어버리고 있었던 거예요. 엄마에게 위안을 얻지 못했던 것인지도 몰라요. 엄마는 항상 무서웠으니까(웃음). 게다가 둘째는 저를 별로 안 좋아했기 때문에 제가 피아노 치는 걸 보는 것도 안 좋아할 줄 알았거든요(웃음). 엄마가 동생에게 그렇게 말했다는 것도 참 이해하기 어려웠어요. 어린애를 집에 혼자 두는 것은 신경이 쓰이지 않나요. 그냥 같이 데려가도 좋았을 텐데. 다 같이 왔더라면 정말 행복한 기억이 되었을 텐데. 어쩌면 대회장소에 인원 제한이 있었을지도 몰라요. 하지만 엄마가 둘째에게 설명해 주면 좋았을 거라는 생각이 들어요. 냉정히 따져보면, 엄마가 한여름 더운 날씨에 어린아이 셋을 데리고 다니는 일은 너무 힘들잖아요. 도와줄 사람이 있었다면 좋았을 텐데. 자동차가 있었으면 좋았을 텐데. 이런 생각도 해보죠.

그런데 신기하게도 한편으로는 동생이랑 이런 대화를 나누는 것 자체가 참 좋더라고요. 슬프기도 하고 아프기도 하지만, 그래도 이런 대화 자체를 안 하는 것보다는 훨씬 나아요. 동생을 이해하게 되었거든요. 아빠가 계시기는 했지만 돈 버느라 바쁘셨으니까, 엄마는 우리 셋을 혼자서 돌봐야 하는 날이 많았잖아요. 그래도 우리에게는 세 자매가 있어서 참 다행이었어요. '서로'가 있었으니까요.

저는 그날 동생이 던진 질문 또한 내면아이의 외침에서 시작되었다고 생각해요. 동생의 내면아이는 간절히, 이제 어른이 된 제 동생과 대화를 하고 싶어하는 것이 아닐까 싶어요. 그때 힘들었던 것, 그때 외로웠던 시간, 그때 아팠던 기억과 대화를 나누는 것이 이제는 가능해졌는데도, 우리는 자꾸만 그 과거와의 대면을 피하고 싶어해요. 처음에는 힘들지만, 분명 도움이 된답니다. 당신의 내면아이는 당신의 성인자아가 말을 걸어주기를 간절히 기다리고 있으니까요. 말을 들어주기만 해도, 당신은 이미 반 이상은 낫기 시작한 것이거든요.

진지한 대화를 나누는 것이 너무 부담스럽다면, 내면아

이와 그냥 가벼운 스몰토크를 한다고 생각해 봐요. 그냥 일상적인 대화를 해도 기분 좋은 사람이 있잖아요.

내면아이도 어떤 때는 그런 좋은 친구 같아요. 속상할 때 내가 좋아하는 사람과 대화를 나누면 그 대화의 내용이 무엇이 되었든 그냥 작은 수다를 떠는 것만으로도 마음이 괜찮아지곤 하잖아요. 내면아이와의 대화도 그래요. 친구나 자매들과 대화하면 속상한 마음이 한결 나아지듯, 내면아이와 대화를 하면 속상했던 마음이 더 잘 보이고, 그러다 나 자신을 이해하게 되고, 더 나아가서 나를 속상하게 만들었던 사람들의 내면아이는 이런 것이로구나, 하고 이해가 돼요. 물론 나를 아프게 하는 사람의 사과를 받을 수 있다면 훨씬 낫겠지만, 현실에서는 사과는커녕 이야기를 꺼내기도 어려운 경우가 많잖아요.

이제 너무 늙고 약해진 엄마에게 때늦은 사과를 받아봐야 뭐하겠냐고 하시겠지만, 사과는 분명 의미있어요. 저도 그렇게 부모님의 사과를 뜻밖의 순간에 받아낸 적이 있거든요(웃음). 지금은 웃으면서 말할 수 있지만, 그때는 정말 심각했어요. 엄마에게 왜 날 가둬 키우기만 했냐고. 아이들과 제대로 놀지도 못하게 하고, 항상 집에 들어오는 시간만 체크하고, 공부만 열심히 하라고 강요하는 그런 엄마가 너무 미웠다고 다 이야기한 적이 있었어요. 사실은 그때는 엄마를 안 볼 생각이었어요. 다신 안 보겠다는 각오를 하고, 엄마에게 서운한 걸 다 이야기해야겠다고 마음먹었지요. 저는 당연히 엄마가 늘 그랬듯이 화를 내고 저를 혼내실 줄 알았어요. 그런데 놀랍게도 엄마가 미안하다고 하시더라고요. 그때가 엄마에게 미안하다는 말을 들은 최초의 순간이었어요.

그런데 요즘의 부모들은 저의 어린 시절보다 훨씬 좋은 교육을 할 기회가 생긴 거예요. 그때그때 미안하다고 하고 매 순간 감정이 쌓이지 않게 노력하는 부모들이 훨씬 많잖아요. 우리는 이렇게 내면아이와의 대화를 통해서 더 나은 인간이 될 수 있는 발판을 마련할 수 있다고 생각해요. 내면아이의 한 맺힌 마음을 들어주고, 그리고 현실세계에서 그 내면아이의 슬픔을 풀어주는 행위를 어떻게든 해주면, 분명 내 안의 불안과 슬픔이 녹아내리기 시작해요. 내면아이를 그대로 어두운 마음의 동굴 안에 내버려 두는 것보다는 그 아이를 밝은 곳으로 데리고 나와서, 깨끗하게 씻겨주고, 머리를 빗겨주고, 환한 빛깔의 옷을 입혀 드넓은 벌판에서 한껏 뛰어놀게 하는 거예요. 그러면 내 안의 오랜 슬픔이 씻겨 내려가지 않을까요. 나를 치유할 수 있는 힘이 내 안에 있다는 것이 너무 다행이지 않나요. 나는 이제 내 안의 내면아이를 달래어 세상 밖으로 용감하게 나오도록 이끌 수 있는 건강한 성인자아가 되어가고 있는 거예요.

그런 깨달음이 저에게 커다란 자양분이 되어 세상과 인간을 더욱 넓은 포용력으로 바라보고 이해할 수 있게 해주었어요. 내면아이와 만나 속 깊은 대화를 할 수 있다는 것은 나에게 더 나은 어른이 될 수 있는 멋진 기회를 주는 거예요. 그러니 더 이상 망설이지 말고, 내면아이와 '다정한 수다'를 나눠보도록 해요. 그건 결국 나를 더 좋은 사람으로 만들어 주는 아름다운 체험이 될 것이 분명하니까요.

우리 인생은 어쩌면 나를 잘 이해해 주는 진정한 친구를 찾아 나서는 여행일지도 모릅니다. 그 여행이 얼마나 힘들고 어려운지도 잘 알고 있지요. 어쩌면 그런 친구를 찾지 못할 수도 있다는 것도요.

우리가 마음이 힘든 건, 친구나 아끼고 사랑하는 사람들에게서 받은 상처와 배신감 때문일까요? 진정한 친구가 없다면, 나 자신과 진정한 친구가 된다면, 정말 고독감도 사라질까요?

저는 진정한 친구를 향한 열망이 너무 강하다 보니 이미 곁에 존재하는 친구들의 소중함을 알아보지 못했던 것 같아요. 예를 들어 빨강머리 앤과 다이애나 같은 완벽한 우정을 생각하면, 당연히 우리들의 현실 속 우정은 많이 삐걱거리고, 불완전하게 느껴지지요. 그런데 이렇게 생각해 보기 시작했어요. 힘들 때 만약 그 친구마저 없었더라면 나는 더 외롭지 않았을까 하고요. 불완전한 우정도, 삐걱거리는 우정도, 아예 없는 것보다 훨씬 나았던 거예요.

우리들은 현실의 불완전한 우정에 실망한 나머지, 어느 순간 마음의 문을 닫아버리기도 해요. 그 이후부터 친구를 사귀겠다는 생각 자체를 안 하게 되는 거지요. 친구에게 잘해줘 봤자 아무 소용없다는 생각도 든 적이 있었을 거예요. 저도 그렇게 배신당한 적이 있어서, 그 마음을 너무 잘 알아요. 하지만 이제 친구 때문에 여러 번 상처받고, 때로는 친구로 인해 커다란 도움을 받기도 하다 보니, 완벽한 친구를 가지려는 열망보다는 '우정'이라는 것 자체의 소중함을 생각하게 돼요. 완벽하지 않아도, 우정이 있다는 것 자체가 소중한 것이지요.

같은 아파트에서 사는 평범한 이웃으로 만나는 사이라도, 아이들 학원 때문에 잠깐 대화하는 학부모 사이라도, '베프'까지는 아니더라도 서로에게 좋은 이웃, 좋은 친구가 되어줄 수 있거든요. 현실에서는 너무 완벽한 친구를 가지려고 하기보다는 '오늘 만난 친구에게 잘 하자'라는 마음으로 지내는 것이 좋지 않을까요. 어쩌면 저도 친구를 사귀는 것이 너무 어려워서, 있는 친구에게도 완벽하게 잘해주기가 너무 어려워서, 내면아이라는 좀 더 마음 편한 친구를 선택했는지도 몰라요.

그렇다면 내면아이를 또 하나의 친구로 '강추'하고 싶어요. 왜냐하면 내면아이는 언제든 불러낼 수 있는 좋은 친구거든요. 요새는 제 안의 어린 왕자, 저의 내면아이 조이와 더 자주 대화하다 보니, 저에게는 최고의 '베프'가 된 것 같아요. 그건 결코 바보 같은 일도 아니고 슬픈 일도 아니랍니다. 자기 자신의 진짜 친구가 되는 것이야말로 최고의 멘토를 찾아내는 길이지요. 내가 나의 진짜 편이 아닌 사람들이 정말 많거든요. 왜냐하면 자꾸 다른 사람의 시선에서 자신을 평가하기 때문이에요. 저는 그런 시선과 싸워 이기고, 제가 제 자신의 편이 되기 위해 정말 오랜 시간 훈련하고 때로는 투쟁했어요. 눈에 보이지는 않는 투쟁이지만 저에게는 너무 소중한 싸움이었지요.

이제는 타인의 시선으로 나를 평가하기보다는 나만의 독특한 시선으로 나를 바라봐요. 헷갈릴 때는 저의 내면아이에게 물어봐요. 나 오늘 괜찮니? 내가 이런 말을 하려고 하는데, 그것은 좋은 선택일까. 내면아이와 자주 대화를 나누면 내 안의 지혜로움과 순수함을 회복하는 느낌이 들어서 더욱 좋지요. 복잡하다 싶으면, 이것만 기억해 두세요. 내면아이와 친구가 되는 것은 최고의 베프를 내 안에 간직하는 일이라는 것!

"내가 나의 진짜 친구가 되는 기분이야." 2챕터에서 루나의 마지막 말은 여운이 느껴졌어요. 조이가 루나에게 어서 밖에 나가 뛰자고 하니, 신발을 핑계 대며 주저하는 루나가 있었어요. 이렇게 조이와 루나가 밖으로 뛰어나가는 장면은 실제로 마음이 힘들 때 작가님이 권하는 방법인가요? 작가님도 이런 강박을 자주 느끼시나요?

저의 강박도 매우 심한 편이지요. 마음속에 '이건 이래서 안 되고, 저건 저래서 안 되고' 이런 식의 방어기제가 너무 많아요. 그걸 하나하나 깨어나가는 것, 그래서 점점 더 어린아이처럼 단순하고 해맑은 상태로 가는 것이 저의 목표이기도 해요. 왜냐하면 그런 방어기제를 너무 많이 가지고 있으면, 진정으로 용기와 자유가 필요할 때 내 안의 좋은 힘을 끌어모으기가 매우 어렵거든요. 자꾸만 도망치고 싶고, 다음에 하고 싶고, 미적거리기도 해요. 그런 게으른 마음으로는 결코 자기를 바꿀 수 없으니까요. 그런 두려움을 계속 안고 가다가는 결코 아름다운 삶의 주인공이 될 수 없으니까요. 타인 앞에서 용감해지기 위해서, 내 꿈 앞에서 순수해지기 위해서, 내면아이를 되찾아야 해요. 저는 오늘도 제 안의 수많은 강박과 싸워나가고 있어요. '나는 안 될 거야'라는 생각과 싸워 이기기 위한 제 안의 버킷리스트 중에서 가장 중요한 소원이 바로 제 안의 내면아이와의 대화를 제대로 한 번 길게 해보는 것이었어요. 이 책은 그런 의미에서 저의 오랜 소원이 이루어지는 꿈의 무대이기도 한 거예요. 내면아이와 대화를 나누는 것이 너무 두렵고 힘들 것만 같았는데, 막상 해보니까 생각보다 신나기도 하고, 해방되는 느낌도 들고, 나 자신이 가엾기도 하고 사랑스럽기도 하고, 너무 좋은 거예요.

작가님, 공부를 잘하게 된 계기가 특별하네요. 속상한 '성적표 사건' 때문에 상처받은 건 열한 살 어린아이인데, 왜 화살을 어른들에게 돌리지 않았나요? 오히려 이런 일 때문에 더 엇나갈 수도 있을 텐데, 어째서 작가님은 공부를 계속 잘하셨나요? (웃음)

성적으로 줄 세우는 일은 지금도 마찬가지입니다. 만약 현재 비슷한 상처를 겪은 열한 살 아이가 있다면, 작가님은 어떤 말을 해주고 싶으세요?

저는 공부하라는 어른들의 잔소리는 싫었지만, 공부 자체는 가끔 재미있었어요. 물론 늘 재미있지는 않았지요. 그런데 아주 조금이나마 공부를 재미있게 생각하는 마음이 있었기 때문에 그 재미를 좀 커다랗게 부풀리고 싶은 마음이 자리했나 봐요. 예를 들면 수학 전체는 대체로 어렵고 재미없지만, 인수분해는 재미있었거든요. 뭔가 레고블록을 맞추는 것처럼 숫자가 나란히 정돈되는 느낌이 너무 좋았어요. 이런 작은 재미를 부풀리는 것이지요. 국어랑 문학은 항상 좋았기 때문에 얼마나 다행이었는지요. 내면아이의 목소리를 들어보니, '너에게는 뛰어난 언어감각이 있어'라고 응원해 주는 소리가 들리네요(웃음). 내면아이는 그림자만 있는 것이 아니라 빛이 있으니까요.

내면아이의 빛은 우리 안에 아직 표현되지 않은 잠재력이에요. 아이들이 뭔가를 잘 못해도 '무엇을 좋아하는지'를 잘 관찰해 보세요. 아이가 조금이라도 좋아하는 것을 더 재미있게 즐길 수 있도록 부모가 환경을 만들어주면 좋겠어요. 저는 독립심이 강한 아이였기 때문에 혼자 노는 시간을 좋아하고, 혼자 공부하는 시간을 좋아했지만, 그렇지 않은 아이들이 훨씬 많거든요.

지금은 특히 유튜브나 게임 등 공부에 방해되는 환경이 너무 많아서 아이들에게 공부의 소중함을 알려주기가 무척이나 힘들어요. 하지만 그 안에서 작은 재미를 하나씩 찾아보는 것이지요. 공부의 재미를 아는 것은 공부를 잘 못해도 매우 중요해요. 왜냐하면 공부의 재미를 통해 인생의 성취감과 자신감을 얻을 수 있기 때문이에요. 잘하지 못해도 '뭐 하나 좋아하는 것'이 있다는 것은 정말 중요하거든요.

제 동생은 역사나 철학에 뛰어난 감각이 있는데, 본인도 그걸 잘 모르는 것 같아요. 제가 아무리 칭찬해 주어도 아니라고 해요. 칭찬이 부족했나 봐요(웃음). 아마 가장 칭찬해 줘야 할 부모님이 칭찬을 안 해주었기 때문에 그 상처가 오래 남아 있는 것이 아닐까, 그런 생각도 들어요. 하지만 이제는 내 동생의 성인자아가 내면아이를 칭찬해 주면 좋겠어요. 아니, 반대가 더 좋을까요. 동생의 내면아이가 되어 동생의 성인자아에게 속삭이고 싶어요. 넌 철학을 사랑하잖아. 넌 역사를 좋아하잖아. 넌 글을 무척 잘 쓴단다. 난 네가 글을 썼으면 좋겠어. 이렇게 동생의 내면아이로 '빙의'라도 해서 동생을 추앙하고, 응원하고, 마음껏 잠재력을 펼치라고 말해주고 싶어요. 제 동생은 본인이 가진 소중한 재능을 아직 다 펼치지 못했거든요.

작가님, 사람마다 두려움을 극복하는 법이 다양할 텐데, 작가님의 극복법은 두려움보다 더 놀라운 것들을 하면서 두려움을 이겨낸 것이었나요? 일 중독이요? (웃음)

두려움을 눈 딱 감고 극복한 적이 몇 번 있었어요. 해외여행을 할 때였는데요. 사실 저는 비행기도 무섭고, 오랫동안 집을 떠나는 것도 무서웠거든요. 그런데 막상 타보니 별로 무섭지 않았어요. 생각보다는 무섭지 않구나, 생각보다는 불친절하지 않구나. '생각보다는' 훨씬 세상이 덜 두렵고, 생각보다는 훨씬 아름다웠어요. 바로 그 생각은 기존의 편견들이었던 것이고, 편견은 대부분 대상을 제대로 알지 못하는 데서 오지요. 그 편견을 극복하는 것은 정말 눈 딱 감고 '내가 해보고 싶지만 두려워서 못했던 것들'에 도전해 보는 거예요. 그러면 생각보다 훨씬 재미있고 멋진 일들이 많이 일어난답니다.

내면아이와 대화하기에 '첫 번째 두려움'을 이야기할 수 있었던 건가요? 어린 시절을 기억하기 너무 힘든 사람들도 있을 텐데, 그럴 땐 어떻게 해야 할까요?

나만 볼 수 있는 비밀노트에 내면아이와의 대화를 기록하고 자물쇠로 잠가 두세요. 나만 보니까 괜찮아, 나만 볼 것이니까 나에게만 솔직해지자. 이렇게 시작해 보세요. 저는 그걸 몇 년 동안 훈련했더니 이제 타인에게도 솔직히 말할 수 있게 되었어요. 그렇게 무서운 것만은 아니더라고요. 오히려 고백하니까 속이 후련해지더라고요. 막연한 두려움보다 확실한 후련함과 나를 아끼는 마음이 기다리고 있으니까, 걱정하지 않으셔도 됩니다.

루나와 조이의 대화는 창피한 모습도 스스럼없이 얘기할 정도로 진솔하고 꾸밈없이 서로 감정을 표현하더라고요. 슬프고 아쉬운 감정이 들 때도 있지만, 그렇게 해도 부담 없는 대화가 편해 보였어요. 때론 즐겁고 화기애애하기도 했지요. 독자들이 이 책을 읽고 각자 내면아이와의 대화를 시도한다면, 각 개성에 따른 자아에 따라 다른 분위기의 대화가 나올까요?

맞아요, 우리는 저마다 다른 개성을 지닌 내면아이를 지니고 있어요. 어른들에게도 이런 꾸밈없고 가식 없는, 어린

아이 같은 대화가 필요할 때가 있습니다. 어쩌면 우리는 너무 오랫동안 우리 안의 이런 열망을 억눌러왔던 것이 아닐까요.

저는 조카들과 이야기할 때 잃어버린 순수성을 되찾는 느낌을 많이 받아요. 제 막냇동생이 아홉 살 아들에게 "너는 왜 아홉 살인데 아직도 귀여운 거니?"라고 물어보니까 이렇게 말하더라고요. "응, 나는 밤마다 꿈나라에서 외계인을 만나서 귀요미약을 받아서 먹어." 귀요미약이라니, 얼마나 천진무구한 상상력입니까. 아무렇지도 않게 귀요미약이라는 단어를 생각해내고, 외계인들에게 귀요미약을 무료로 타서 받아먹는다는 이야기를 하는 조카가 저에게는 살아있는 어린 왕자처럼 보이더라고요. 내면아이의 모습이 잘 상상되지 않는다면, 여러분 곁에 아직 어린이다움을 잘 간직하고 있는 아이들을 만나보세요. 그 아이들의 이야기를 잘 들어주세요. 그러면 우리 안의 내면아이가 깨어나는 느낌을 받을 수 있을 거예요.

어릴 적 기억, 특히 괴로웠던 기억은 뒤죽박죽일 수도 있는데, 루나와 조이의 대화를 보면 성인자아는 조리있게 설명할 정도로 잘 기억하고 내면아이는 제대로 기억하지 못하고 있었어요. 내면아이가 고통을 극복하기 위해 방어기제를 작동한 건가요? 왜 이런 차이가 생겨난 건가요?

아주 날카로운 지적이에요. 사실은 저도 모르게 그렇게 되었는데요. 내면아이는 고통 속에 오랫동안 방치되어 있었기에, 기억이 여러 부분 끊겨 있었어요. 그런데 성인자아는 심리학도 공부하고, 문학도 공부하고, 그리고 사람들에게 위로도 받고 응원도 받으면서 '생각을 정리하는 시간'이 있었던 것 같아요. 그러면서 뒤죽박죽 엉망으로 혼란스럽게 헝클어진 내면아이의 기억을 조리 있게 재구성하고 설명할 수 있게 된 것이지요. 이 부분은 여전히 내면아이가 여전히 아파하는 부분이기 때문에 성인자아가 위로하고 설명해 주고 싶었던 거예요.

조이가 루나에게 이런 말을 하잖아요. "루나, 넌 망가지지 않았구나. 넌 절대로 망가지지 않았구나! 넌 상처를 딛고 더 좋은 사람이 되기 위해 매일 노력하고 있구나." 루나는 이 말을 듣고 조이에게 위로받았나요?

여기서 루나를 보면서 조이가 느끼는 감정은 내가 어른이 되면 저렇게 안정되고 치유될 수 있구나, 그러니까 너무 불안해하거나 힘들어하지 않아도 되겠구나, 라는 안도감이에요. 내면아이가 성인자아에게 위로를 받는다는 것을 이해한다면, 성인자아도 더 이상 내면아이를 안쓰러워만 하면서 힘들어하지 않아도 되는 거예요. 그러니까 성인자아는 내면아이를 위로하며 자신의 과거를 부정적으로만 바라보지 않는 법을 깨닫고, 내면아이는 성인자아가 무사히 자란 것을 보며 내가 이렇게 울고 있지 않아도 되겠구나 하고 안도감을 얻는 것이지요. 그러면서 성인자아와 내면아이가 서로 부둥켜안고 펑펑 울 수 있을 정도로 친밀감을 느끼고 마침내 하나로 통합되는 과정이 바로 핵심적인 치유와 극복의 과정이라고 할 수 있어요.

조이와 루나의 대화 중에 이런 내용이 있었어요. 내면아이를 어렴풋이 느끼고만 있을 때, 폭력에 노출된 아이들에 관한 뉴스를 들을 때마다 작게 흐느끼는 내면아이의 소리를 들었다고요. 그땐 자꾸 과거의 상처를 돌아보는 일은 뒤처지는 느낌이 들어서 그 소리에 외면하고 싶었다면서요.

이 부분 정말 공감합니다. 과거를 짚어보는 건 뒷걸음질 치는 느낌이 들어서, 남들은 앞으로 달리는데 나만 혼자 후퇴하는 느낌이거든요. 그래서 많은 이들이 주저할 것 같은데요. 이런 사람들을 위해 해주고 싶은 말씀이 있다면요?

나만 혼자 후퇴하는 느낌이 들 때가 있는데, 그것은 오히려 '진짜 나 자신'이 되는 순간이기도 했어요. 그러니까 '위기' 속에 '기회'가 있어요. 남들처럼 앞서 나가지 못하는 것 같을 때, 오히려 더 솔직하고 꾸밈없는 나 자신과 만날 수 있는 기회가 열리는 기분이었어요. 내면아이와 만나는 것은 결코 시간낭비나 인생의 후퇴가 아니에요. 저를 보세요. 내면아이와 만나는 작업을 오랫동안 하니까, 이렇게 자존감과 회복탄력성이 커지고, 더욱 행복하고 조화로운 삶을 살려고 노력하고 있잖아요. 제가 내면아이의 만남 속에서 치유와 극복의 에너지를 발견한 살아있는 증인이랍니다(웃음). 그러니까 믿고 따라오셔도 됩니다.

내면아이와 만나는 것은 뭔가 뒤떨어지는 것이 아니라 오히려 지금까지보다 훨씬 풍요롭고 깊이 있는 내 인생의 전체성과 만나는 일입니다. 빨강머리 앤을 키우며 새로운 깨달음을 얻는 마릴라를 생각해 보면 좋겠네요. 마릴라는 원래 쳇바퀴 굴러가듯 단조롭고 규칙적인 삶, 타인의 삶에 별로 관심 없이 살았잖아요. 그러다가 빨강머리 앤이라는 낯선 타인을 만나고, 처음에는 거부하다가, 마침내는 받아들이고, 결국은 이 세상 누구보다 사랑하게 되면서 마릴라의 인생이 전혀 다른 방향으로 흘러가지요. 더 많이 사랑하고, 더 깊이 공감하고, 끊임없이 앤의 수다를 들어주고, 앤을 더 행복하게 해주기 위해 밤낮으로 분투하는 더 아름답고 고귀한 존재로 바뀌어요. 마릴라는 빨강머리 앤을 통해 잃어버린 자신의 내면아이를 만난 것이 아닐까요. 어린 시절 마음껏 보살피지 못했던 마릴라의 내면아이를, 앤을 통해 만나고, 사랑하고, 보살피고, 마침내 완전히 보듬어 안게 된 것이 아닐까요.

어린 왕자에게서 내면아이를 발견한 글은 작가님이 처음입니다. 어린 왕자에게서 발견한 내면아이, 그리고 작가님만의 조이와 루나의 애틋하고도 발랄한 대화를 통해 함께 긴 여행을 한 기분입니다.

“중요한 건 눈에 보이지 않는다”고 했던 것처럼, 어린 왕자는 성장하면서 어느덧 눈에 보이지 않게 되었고, 내 안의 상처 입은 내면아이도 눈에 보이지 않아서 돌볼 겨를이 없었습니다. 이 책이 많은 이에게 내 안의 또 다른 나, 내면아이를 돌보는 계기가 되었으면 좋겠습니다. 내면아이와 대화하고, 상처를 함께 어루만지며 극복해 가는 과정을 통해 내 안의 내면아이도 성장할 수 있다는 확신을 주셔서 감사합니다.

아름다운 감상평에 제가 더 커다란 응원을 받았습니다. 이렇게 칭찬받을 때는 조이와 루나가 함께 껴안고 덩실덩실 춤을 춘답니다. 제 안의 내면아이를 알아봐 주고, 저의 성인자아를 격려하고 위로해 주어 정말 감사합니다. 독자 여러분도 내면아이의 상처를 쓰다듬고, 마침내 내면아이의 가장 환한 빛을 이끌어 낼 용기를 이 책에서 발견하시기를, 간절히 바랍니다.

나의 어린 왕자

내 안의 찬란한 빛, 내면아이를 만나다

제1판 1쇄 인쇄 2022년 8월 17일
제1판 1쇄 발행 2022년 8월 25일

지은이 정여울
펴낸이 나영광
펴낸곳 크레타
출판등록 제2020-000064호
기획 이승원
책임편집 정고은
편집 김영미
영업기획 박미애
마케팅 이다흰
디자인 형태와내용사이

주소 서울시 서대문구 홍제천로6길 32 2층
전자우편 creta0521@naver.com
전화 02-338-1849
팩스 02-6280-1849
포스트 post.naver.com/creta0521
인스타그램 @creta0521
ISBN 979-11-977842-6-2 03810

책값은 뒤표지에 있습니다.
잘못 만들어진 책은 구입하신 서점에서 바꿔드립니다.